D1822854

हिडिम्बा

हिडिम्बा

नरेन्द्र कोहली

वाणी प्रकाशन

वाणी प्रकाशन
4695, 21-ए, दरियागंज, नयी दिल्ली 110 002
फ़ोन : +91 11 23273167 फ़ैक्स : +91 11 23275710
शाखाएँ
अशोक राजपथ, पटना 800 004, बिहार
कॉफ़ी हाउस कैम्पस, महात्मा गांधी मार्ग, इलाहाबाद 211 001, उत्तर प्रदेश
महात्मा गांधी अन्तरराष्ट्रीय हिन्दी विश्वविद्यालय, वर्धा 442 001, महाराष्ट्र
सुल्तानिया रोड, मोतिया पार्क, भोपाल 462 001, मध्य प्रदेश
www.vaniprakashan.com
marketing@vaniprakashan.in
sales@vaniprakashan.in

HIDIMBA
by Narendra Kohli

ISBN : 978-93-5072-209-1
Novel

© नरेन्द्र कोहली
संस्करण 2012, 2015
तृतीय संस्करण 2020

मूल्य : ₹ 200

इस पुस्तक के किसी भी अंश को किसी भी माध्यम में प्रयोग करने के लिए प्रकाशक से लिखित अनुमति लेना अनिवार्य है।

सिटी प्रेस, दिल्ली-110 095 में मुद्रित

वाणी प्रकाशन का लोगो मक़बूल फ़िदा हुसेन की कूची से

1

शाल वृक्ष पर बैठे हिडिम्ब ने अपनी बहन हिडिम्बा की ओर देखा, "यह बैठे-बैठे ही सो गया क्या?"

उनींदी हिडिम्बा ने सायास अपनी आँखें खोलीं, "क्या बड़बड़ाते जा रहे हो?"

"तुम्हें नींद आयी है क्या?" हिडिम्ब ने पूछा।

"आयी तो है!" वह बोली।

"तो भूखी ही सोयेगी क्या? और मुझे भी भूखा रखेगी?"

"भोजन का प्रबन्ध नहीं करोगे तो भूखी ही सोऊँगी; और तुम भी भूखे ही रहोगे!"

"भोजन का ही तो प्रबन्ध कर रहा हूँ मूर्खे!" हिडिम्ब बोला, "आँखें खोल और ध्यान से उस ओर देख!"

"क्या है उस ओर?" हिडिम्बा ने अपना मुख उधर घुमाया।

"छह मनुष्य!" हिडिम्ब उल्लसित स्वर में बोला, "एक स्त्री है और पाँच पुरुष! हृष्ट-पुष्ट हैं। शरीर पर भरपूर मांस है। जी भर कर खाना और तान कर सोना।"

"तो अभी तक तुम लाये क्यों नहीं? किसकी प्रतीक्षा कर रहे हो?"

"सोच रहा था कि यह मोटा भी सो जाता...पर यह तो बैठा है। पता नहीं बैठा-बैठा ही सो गया या यह प्रहरी बना सारी रात जागता ही रहेगा!"

"तो तुम अपने ही क्षेत्र में एक जागते हुए मनुष्य से डरते हो?"

"डरता नहीं हूँ।" हिडिम्ब ने रोषपूर्वक उसकी ओर देखा, "तेरा काम सरल करने की सोच रहा था!"

"मेरा काम?"

"हाँ! पर अब वह तो सोयेगा नहीं।" हिडिम्ब बोला, "ऐसा कर, पहले तो जो यह जाग रहा है, उसी को मार डाल। फिर जो सोये हुए हैं, उनकी ग्रीवा मरोड़ दे।"

"मैं?" हिडिम्बा के स्वर में आपत्ति का भाव था, "तुम क्यों नहीं जाते? आजकल तुम बहुत आलसी हो गये हो। सारा काम मुझसे ही करवाना चाहते हो। मुझे वैसे भी नींद आ रही है। तुम जाते हो तो जल्दी जाओ, नहीं तो मैं सोने लगी हूँ।"

"यहीं पेड़ पर ही सोयेगी? घर भी नहीं जायेगी?"

"मुझे नींद आ रही है न!..."

"नींद तो तेरी मैं खोलता हूँ!" हिडिम्ब ने खींचकर हिडिम्बा को एक लात मारी, "यहाँ तब से वृक्ष पर टँगे हैं कि अब स्वादिष्ट और कोमल नर-मांस खाने को मिलेगा; और इसे नींद आ रही है!"

हिडिम्बा डगमगायी। तनिक भी असावधान होती, तो वृक्ष से नीचे जा गिरती।

हिडिम्बा को लगा, उसकी नींद ही नहीं उड़ गयी। उसकी भूख भी जैसे समाप्त हो गयी है। उसके मन में भीषण क्रोध जन्म ले रहा था; और वह क्रोध उन सोये हुए मनुष्यों के प्रति नहीं अपने इस भाई के प्रति था, जो दिन-प्रतिदिन आलसी होता जा रहा था। बस, खाता था और सोता था। हाथ तक हिलाना नहीं चाहता था। कहने को तो वह स्वयं को हिडिम्ब-वन का राजा कहता था; किन्तु प्रजा-पालन करने के लिए नहीं, अपनी आज्ञाओं का पालन करवाने के लिए। ...और इधर तो जितना आलसी होता जा रहा था, उतना ही क्रोधी भी। आज प्रातः से तीसरी-चौथी बार उसने हिडिम्बा को मारा था। छोटी-सी बात पर इस प्रकार क्रुद्ध हो जाता था कि आपे में ही नहीं

रहता था...

"तू जाती है या नहीं?" हिडिम्ब ने उसे घूरा।

"तुम स्वयं क्यों नहीं चले जाते?" हिडिम्बा का मन, अपने भाई के क्रोध से सहमा हुआ अवश्य था; किन्तु वह अपने रोष को भी नियन्त्रित नहीं कर पा रही थी।...एक बार तो उसके मन में आया कि वह अपने भाई पर ही झपट पड़े। उसे भूमि पर पटक कर उसके वक्ष पर चढ़ जाये।...उन मनुष्यों से तो वह बाद में निबट लेगी, पहले अपने भाई का ही रक्त पी जाये।...इसका यह आतंक भी समाप्त हो और प्रतिक्षण इसकी मार खाने से भी मुक्ति मिले...

"मेरी इच्छा! मैं नहीं जाता।" हिडिम्ब बोला, "इस वन का राजा मैं हूँ। तेरा काम है मेरी आज्ञाओं का पालन करना, मेरी सेवा करना..."

हिडिम्बा समझ गयी, इस क्षण उसका निस्तार नहीं है। उसे जाना तो पड़ेगा ही; किन्तु अपनी असहायता का बोध, उसके क्रोध को कम करने के स्थान पर और भी प्रचण्ड कर रहा था।

"और यदि न जाऊँ तो?" उसने कहा।

"हड्डियाँ तोड़ कर रख दूँगा तेरी!" हिडिम्ब की आँखों में रक्त उतर आया।

इससे पहले कि वह सचमुच उसकी हड्डियाँ तोड़ने का उपक्रम करता, हिडिम्बा वृक्ष से नीचे उतर आयी। इस समय उसकी विचित्र स्थिति हो रही थी।...एक ओर उसे नींद आ रही थी और उसका मन हो रहा था कि किसी एकान्त स्थान में जा कर लेट जाये और देर तक गहरी नींद में सोयी रहे। दूसरी ओर उसे भूख भी...किन्तु उसे लगा कि थोड़ी देर पहले तो उसे भूख लगी थी; पर अब शायद भूख उसके क्रोध के नीचे दब गयी थी। सम्भवतः अब उसे नींद भी नहीं आ रही थी। नींद शायद उचट गयी थी...

और अन्ततः उसे लगा कि वह कुछ भी समझ नहीं पा रही है। कदाचित् उसका मन इस जीवन से ही उचट गया था। भूख की

स्थिति में भी उसके भाई ने स्वादिष्ट नर-मांस की चर्चा की थी, तो उसके मन में तनिक भी उत्साह नहीं उपजा था कि लपक कर जाये और उन सारे नरों को, अथवा उनमें से किसी एक-आध को मार कर ले आये...उसे कच्चा खाये अथवा भूनने का प्रबन्ध करे...अब उसे अपना भाई भी अच्छा नहीं लगता था। उसकी संगति में न उसके मन में उल्लास जागता था, न शरीर में ऊर्जा। उसकी आज्ञाओं को मान कर, उसकी सेवा कर, उसे तनिक भी प्रसन्नता नहीं होती...

इस क्षण भी उसकी इच्छा हो रही थी कि अपने भाई की आज्ञा मान कर, उन मनुष्यों की ओर जाने के स्थान पर, वह किसी भी नयी और अजानी दिशा में निकल जाये, जहाँ न उसका भाई हो और न ही ये अजाने मनुष्य! वह किसी ऐसे स्थान पर चली जाये, जहाँ... जहाँ...किन्तु उसके आगे, सिवाय अपने मन की व्याकुलता के, उसे और कुछ भी समझ में नहीं आता...जाने वह क्या चाहती है...

वह अपने मन के ऊहापोह में ही यहाँ चली आयी थी; और अब वे मनुष्य उसके अत्यन्त निकट थे। उसे लगा, उस उदासीनता में भी, चाहे अभ्यासवश ही क्यों न हो, क्षण भर के लिए, उसके मन में नर-मांस का स्वाद जागा...वह और आगे बढ़ आयी। पाँच लेटे हुए और एक बैठा हुआ मानव शरीर...। अपने अभ्यास से वह जानती थी कि यदि एक मनुष्य बैठा हुआ है और जाग रहा रहा है, तो उसके जीवित रहते हुए, वह उसके सोये साथियों को हाथ नहीं लगा सकती। इसलिए पहले तो उसे उस बैठे हुए मनुष्य से ही निबटना होगा...

वह उस बैठे हुए मनुष्य की ओर बढ़ी। वह एक वृक्ष के तने से टेक लगाये, उसकी जड़ों के उभरे हुए अंश पर निःस्पन्द बैठा था। सम्भव था कि वह भी सोया हुआ ही हो; अथवा सोया हुआ न हो, यूँ ही बैठा, आँखें मूँदे हुए सुस्ता रहा हो। यदि सोया हुआ है, तो व्यर्थ की ध्वनि से उसे जगाना, आखेट के नियमों के विरुद्ध था। और यदि वह जाग ही रहा था, तो उसकी असावधानी में ही उस पर आक्रमण

करना उचित था।

हिडिम्बा के मन का द्वन्द्व फिर उसके पैरों की बेड़ी बन रहा था : एक ओर वह स्वयं को इन मनुष्यों के आखेट के लिए साध रही थी और दूसरी ओर उसका मन लगातार विद्रोह कर रहा था कि वह अपने इस दुष्ट भाई हिडिम्ब के लिए आखेट क्यों करे? वह इन छह मनुष्यों का आखेट करे, अपनी जान जोखम में डाले; और वह वहाँ बैठा-बैठा टाँगें पसार कर उनके मांस का स्वाद ले।...वह नर-मांस का भक्षण तो करता ही है, कई बार तो हिडिम्बा को लगता है कि वह उसका भी रक्त पी रहा है। वह उससे इस प्रकार कार्य करवाता है, जैसे वह उसकी बहन न हो, दासी हो...अपनी शक्ति का इतना अहंकार है उसे...और शक्ति इसलिए रह गयी है कि उसके बल पर बहन को तो प्रत्येक जोखम में धकेल दे और स्वयं पीछे बैठा-बैठा नर-मांस की प्रतीक्षा करे...

हिडिम्बा और निकट आ गयी। अब वह उस व्यक्ति के नयन-नक्श देख सकती थी। उसके शरीर का आकार-प्रकार भी कुछ स्पष्ट होने लगा था। वह सोया हुआ नहीं था। उसकी आँखें अधमुँदी थीं; और कदाचित् वह किसी गम्भीर चिन्ता में निमज्जित था। सर्वथा अन्यमनस्क...बैठा तो वह चौकसी करने ही था, अन्यथा अब तक सो गया होता; किन्तु इस समय वह चौकस था नहीं।...किन्हीं विचारों में लीन उसका चेहरा कैसा शिशु-सा मन-मोहक था! चेहरा शिशु-सा मनमोहक और शरीर असाधारण रूप में हृष्ट-पुष्ट पुरुष का ...उसकी भुजाएँ अद्भुत रूप से बलिष्ठ और वक्ष विशाल था।...

हिडिम्बा क्षणभर में ही भूल गयी कि वह इस मनुष्य की हत्या कर इसका मांस खाने के लिए यहाँ आयी है। उसका मन तो जैसे अपनी व्याकुलता भूलता जा रहा था। उसकी आँखें मुग्ध होकर, उस चेहरे और शरीर को एकटक निहारती रहना चाहती थीं। उसे लगा कि क्षणभर में ही उसके मन में एक उद्दाम आवेग उठा कि इस वक्ष को चीर कर उसका रक्त पीने के स्थान पर, उस पर अपना मस्तक

टेक दे। वह चाहती है कि इस शरीर में अपने नख गड़ाने के स्थान पर अपनी हथेलियों से उसे धीरे-धीरे सहलाए और उसे अपने दाँतों से काटने के स्थान पर अपने अधरों से स्थान-स्थान पर उसका चुम्बन करे।...वह चाहती है कि ये बलिष्ठ भुजाएँ उसके शरीर को समेट कर, अपने वक्ष में भींच लें... इतना...इतना कि उसके श्वास रुकने लगें...

हिडिम्बा को लगा कि उसका शरीर बहुत भूखा है; किन्तु उसकी भूख इस युवक को खा कर नहीं, इसे पा कर ही मिटेगी। ...उसे पता ही नहीं चला कि कब उसके मन ने इस युवक पर आघात करने का विचार त्याग दिया...वह तो उससे अपने आहत मन के लिए कुछ सान्त्वना पाने की अपेक्षा करने लगी थी। वह मुग्ध होने और क्षुब्ध करने की क्रीड़ा के लिए प्रस्तुत हो रही थी...

...उसने जैसे अचेतन ही अपने रूप पर एक दृष्टि डाली; और फिर उस युवक को देखा...सामने बैठा युवक, राक्षस नहीं था। उसने अपने शरीर पर हिडिम्ब के समान पशुओं की मज्जा नहीं मल रखी थी। मानव-अस्थियाँ उसका शृंगार नहीं थीं...

हिडिम्बा के पग अपने-आप ही पीछे हट गये। उसके हाथों ने अपने कण्ठ में पड़ी हड्डियों की माला उतार फेंकी। बिखरे हुए केशों को समेट कर, उसकी वेणी बना ली। निकट के पौधे से कुछ पुष्प तोड़ कर, केशों में गूँथ लिये; और अपने उघड़े हुए बदन को उत्तरीय से अच्छी प्रकार ढँक लिया...

उसका शरीर वैसे तो उमड़-उमड़ कर उस युवक से लिपट जाना चाहता था, जैसे कोई नागिन अपने आखेट के चारों ओर लिपट जाती है, या जैसे कोई लता किसी वृक्ष से इस प्रकार लिपटती है कि उसका एक तन्तु भी वृक्ष से पृथक् नहीं रह जाता...और उसका मन था कि संकुचित होकर अपने-आपमें सिमटता जा रहा था जैसे कोई कछुआ अपने अंगों को समेटता है अथवा जैसे कोई केंचुआ अपने शरीर को अपने ही शरीर में लीन कर लेना चाहता है।...तन और मन के इस

द्वन्द्व से कैसा तो सुख मिल रहा था उसको! ऐसा सुखी तो उसका मन कोमल से कोमल नर-मांस खा कर भी नहीं हुआ था।...

हिडिम्बा भीम के निकट आ खड़ी हुई।

आहट पा कर भीम सचेत हुआ। वह अचकचा कर उठ खड़ा हुआ किन्तु उसे देख कर आश्चर्य हुआ कि उसके सामने कोई हिंस्र जन्तु नहीं, एक स्वस्थ युवती खड़ी थी, शायद कोई वनकन्या थी। ...तपस्वियों के किसी आश्रम की ब्रह्मचारिणी तो नहीं लगती थी; किन्तु वह दुर्योधन की गूढ़ पुरुष भी नहीं हो सकती थी।

हिडिम्बा ने अब तक भीम को बैठे हुए ही देखा था। जब वह खड़ा हुआ तो उसने उसकी ऊँचाई को मुग्ध नेत्रों से देखा और एक मूक उपालम्भ दिया, 'तुम मुझे अपनी इन बलिष्ठ भुजाओं में भर क्यों नहीं लेते युवक!'

हिडिम्बा मुख से कुछ नहीं बोली तो भीम ने ही पूछा, "कौन हो देवि! किसी विपत्ति में पड़ कर यहाँ आयी हो?"

हिडिम्बा के मुख पर एक संकोच-भरी मुस्कान बिखर गयी...यह अपनी विपत्ति के विषय में नहीं जानता, उसकी विपत्ति के विषय में पूछ रहा है। किन्तु उसने उनकी विपत्ति की चर्चा करने से पहले उनका परिचय जानना ही उचित समझा, "मैं भी तुमसे यही पूछना चाहती हूँ भद्र, कि तुम कौन हो? भूमि पर इस प्रकार सोये हुए ये अन्य सुन्दर पुरुष कौन हैं? यह सौम्य नारी कौन है?"

भीम चौंका : यह हमारा परिचय क्यों जानना चाहती है?... दुर्योधन के गुप्तचर क्या यहाँ तक फैले हुए हैं?

"पहले अपना परिचय दो शुभे!" भीम बोला, "तुम्हारे लिए इतना ही जान लेना पर्याप्त है कि सोये हुए ये चारों पुरुष मेरे भाई हैं; और यह सौम्य नारी मेरी माता हैं।...तुम कौन हो?...और इस भयंकर वन में क्या कर रही हो?"

हिडिम्बा को लगा, यही उपयुक्त अवसर था। बोली, "हिडिम्ब नामक नर-भक्षक की बहन हिडिम्बा हूँ। राक्षसों के अपने क्षेत्र-विभाजन

के अनुसार मेरा भाई इस क्षेत्र का स्वामी है।...”

भीम कुछ बोला नहीं; किन्तु उसके मन में स्वतः ही जैसे एक तार बजता जा रहा था...‘अर्थात् वह यहाँ का दुर्योधन है; जिसने बलात् यहाँ आधिपत्य जमा रखा है...’

“...उसने मुझे तुम लोगों का वध करने के लिए भेजा है, ताकि वह तुम लोगों का मांस खा सके।...”

‘हाँ! हम किसी बेल के साथ लटकते कद्दू हैं कि तुम हमें उमेठ कर अपने आँचल में ले कर चलती बनो...!’ भीम के मन ने प्रतिध्वनि की।

किन्तु तभी भीम चौंका : क्या कह रही है यह? यह स्त्री कितनी सहजता और स्पष्टता से उनका वध करने के लिए आने की बात स्वीकार कर रही है; किन्तु न तो उसमें वैसी आक्रामकता है, न वैसी हिंस्रता।...राक्षसियाँ ऐसी होती हैं क्या?...भीम उसे देख रहा था... उसके रूप-रंग आकार-प्रकार में कहीं ऐसा तो कोई भेद था नहीं, जिससे यह माना जा सके कि वह किसी मनुष्येतर जाति की प्राणी थी। हाँ! आर्यों से उसकी आकृति कुछ भिन्न प्रकार की थी...तो ऐसे होते हैं नर-भक्षी!...उसकी वेश-भूषा भिन्न थी...वह उनकी प्रथा थी या इस वन में रहने के कारण उसे पर्याप्त साधन उपलब्ध नहीं थे? ...नहीं तो कदाचित् यह नारी...यदि इसे भली प्रकार स्नान करा, उचित वस्त्राभूषण पहनाये जायें, तो कदाचित् यह नारी कमनीय हो सकती है...

“तो तुम हमारा वध करती क्यों नहीं?” भीम को लगा, उसके मन में न भय था, न आशंका...उसके स्वर में तो क्रीड़ा का-सा भाव था, जैसे प्रायः किसी अबोध बालक से बात करते हुए किसी वयस्क की वाणी में होता है, “सबसे पहले मेरा वध करो। तुम देखोगी कि मेरे इस शरीर में बहुत सारा मांस है। उससे कई दिनों तक तुम दोनों अपना पेट भर सकते हो।...लो, मुझे मारो।” भीम ने अपनी दोनों भुजाएँ फैला दीं।

हिडिम्बा का मन हुआ कि दौड़ कर, इस क्रीड़ारत पुरुष की इन फैली हुई भुजाओं में समा जाये।...किन्तु उसने स्वयं को संयत किया।...उसके पास अधिक समय नहीं था। हिडिम्ब वहाँ उसकी प्रतीक्षा कर रहा था; और किसी भी क्षण यहाँ आ सकता था।

वह भीम के समीप आ गयी, "तुम पेट भरने का खाद्य नहीं हो किन्तु! तुम तो मेरे जीवन का स्थायी सुख हो।...सुनो!" वह लगभग भीम की भुजाओं में आ गयी, "अब न तो मैं तुम्हारे प्राण लूँगी, न अपने भाई को ऐसा करने दूँगी।...इससे पहले कि हिडिम्ब यहाँ आ जाये, तुम मेरे साथ चलो। मैं आजीवन तुम्हारी रक्षा करूँगी। इस वन्यक्षेत्र में अनेक कन्दराएँ हैं, दुरूह स्थान हैं, जहाँ वह तुम्हें कभी नहीं खोज पायेगा। वहाँ तक पहुँचना उस जैसे आलसी व्यक्ति के वश का ही नहीं है।...मैं तुम्हें अपने साथ वहाँ ले चलूँगी...चलो! शीघ्र चलो!!" साथ चलने के बहाने हिडिम्बा ने जैसे अजाने ही भीम को अपनी भुजाओं में भर लेने का प्रयत्न किया, "चलो!"

भीम अपने-आप से डर गया...कहीं उसका मन इस उत्कट प्रलोभन के सम्मुख समर्पण ही न कर दे। उसे इस क्षेत्र का अनुभव नहीं था...किन्तु देह का यह आकर्षण...वह मांस के इस आकर्षण को अस्वीकार नहीं कर सकता था...इस आकर्षण से ही तो भयभीत था वह...। स्वयं को दृढ़तापूर्वक नियन्त्रित करता हुआ वह बोला, "तुम मेरी रक्षा क्यों करना चाहती हो?"

"मैंने तुम्हारा अपने पति के रूप में वरण कर लिया है।"

"किन्तु मैंने तो तुम्हारा वरण नहीं किया।" भीम बोला।

"तो मुझे ग्रहण करो।"

"सुन्दरी!" भीम बोला, "इच्छा होने पर भी मैं तुम्हें ग्रहण नहीं कर सकता!"

हिडिम्बा हतप्रभ खड़ी रह गयी : क्या संसार में ऐसे पुरुष का भी अस्तित्व है, जो किसी स्त्री के कामाह्वान का तिरस्कार कर सके? उसने तो आज तक कुत्ते के समान लपलपाती जिह्वा वाले पुरुष ही

देखे हैं...किन्तु उसके सम्मुख यह बलिष्ठ पुरुष कह रहा था कि वह उसे ग्रहण नहीं कर सकता...

"कारण?" हिडिम्बा की वाणी हताशा से लड़खड़ा रही थी।

"मेरे अग्रज अभी अविवाहित हैं।" भीम बोला, "अपने निर्दोष बड़े भाई के अविवाहित रहते, विवाह कर मैं परिवेदन का भागी नहीं बनना चाहता। परिवेदन पाप है शुभे!"

हिडिम्बा अवाक्-सी खड़ी भीम को देखती रही : जाने वह क्या कह रहा था। अन्ततः उसके मुख से निकला, "वह क्या होता है?"

"निर्दोष बड़े भाई के अविवाहित रहते, छोटे भाई का विवाह करना परिवेदन कहलाता है तन्वंगि! और यह पाप है।..."

"पता नहीं तुम मनुष्यों ने अपने विवाह के लिए कैसे-कैसे नियम बना रखे हैं! तुम इसे स्त्री और पुरुष की प्राकृतिक आवश्यकता क्यों नहीं समझ सकते? तुम मुझे ग्रहण नहीं करोगे तो मुझे कितनी पीड़ा होगी—उसके विषय में क्यों नहीं सोचते?..." और सहसा हिडिम्बा उसके इतने निकट आ गयी कि भीम के लिए उसे ग्रहण करने के सिवाय और कोई विकल्प ही न रह जाये।...और फिर अकस्मात् ही उसके स्वर में भय का स्रोत फूट निकला, "मैं कहती हूँ, भाग चलो। मेरा भाई यहाँ आ गया तो तुम्हें कदापि जीवित नहीं छोड़ेगा।" उसने भीम का हाथ पकड़ कर खींचा।

पहली बार भीम का स्वर कुछ कठोर हुआ, "तुम चाहती हो कि मैं सोयी हुई माता और अपने भाइयों को इस प्रकार असुरक्षित छोड़ कर, काम-लोलुप और कायर व्यक्ति के समान तुम्हारे साथ भाग जाऊँ?" उसने अपना हाथ छुड़ा लिया।

भीम को लगा कि उसने क्षणभर के लिए अपने मन में जन्मी दुर्बलता को निकाल फेंका है। यह स्त्री सचमुच राक्षसी है। क्या करने के लिए प्रेरित कर रही है उसे! क्या भीम को काम-सुख, अपने भाइयों तथा माता के प्राणों से अधिक प्रिय होगा...

"इन सबको जगाओ।" हिडिम्बा आशंकित तथा त्वरित स्वर में बोली, "मेरा भाई अधिक देर तक मेरी प्रतीक्षा नहीं करेगा। विलम्ब होने पर वह स्वयं यहाँ आ जायेगा; और तुममें से किसी एक को भी जीवित नहीं छोड़ेगा।...इन सबको जगाओ।" वह पुनः बोली, "तुम सब मेरे साथ भाग चलो। मैं तुम सबकी रक्षा का दायित्व लेती हूँ।"

भीम को हिडिम्बा के विषय में अपनी धारणा बदलनी पड़ी। हिडिम्बा सचमुच उन सबकी रक्षा करना चाहती थी।...भीम की दृष्टि अपनी माँ के चेहरे पर टिकी—अपने सारे कष्टों, असुविधाओं तथा आसन्न संकटों को भुला कर माता तथा भाई किस प्रकार शान्ति से सो रहे थे! उन लोगों को जीवन में भीम कोई बड़ा सुख दे पाये, न दे पाये; क्या उन्हें वह प्रहर-दो प्रहर की सुख की नींद भी नहीं दे सकता? एक पूरी रात तथा दिनभर की भागदौड़ और थकान के पश्चात् वे लोग नंगी धरती पर पड़े सो रहे हैं; क्या भीम उनके इस छोटे-से सुख की रक्षा भी नहीं कर सकता? वह उनका यह सुख केवल इसलिए नष्ट कर दे कि किसी नर-भक्षी राक्षस के यहाँ आ जाने की सम्भावना है...?

सहसा भीम को लगा कि हस्तिनापुर और वारणावत से वे जिस दुर्योधन के भय से निकल भागे हैं, उसी का कोई प्रतिरूप यहाँ इस वन में भी, उन्हें भागने को बाध्य करना चाहता है। दुर्योधन के प्रति भीम के मन में संचित सारा क्रोध जैसे एक बार ही जाग उठा।... दुर्योधन से भीम आमने-सामने युद्ध नहीं कर सका।...दुर्योधन के पास हस्तिनापुर की सेनाएँ थीं, राजसत्ता थी, और युधिष्ठिर आज भी उसे अपना भाई मानता है...किन्तु इस समय जैसे इस राक्षस के रूप में दुर्योधन अकेला ही उससे युद्ध करने आ रहा था...उसके साथ न सेना थी, न राजसत्ता; न ही युधिष्ठिर इस राक्षस हिडिम्ब को अपना भाई मान सकता था।...और फिर युधिष्ठिर तो इस समय सो रहा था।

अकस्मात् भीम को लगा कि वह हिडिम्ब से बचना नहीं चाहता। वह उससे एक बार लड़ ही लेना चाहता है। उसके पास कोई शस्त्र नहीं था; किन्तु इस समय शस्त्रों की उसे कोई चिन्ता नहीं थी। उसके हृदय का संचित क्रोध ऐसे सारे दुर्योधनों से लड़ लेना चाहता था, जो किसी के प्राण हर लेना चाहते हैं, किसी के अधिकार छीन लेते हैं अथवा किसी को अपना स्थान छोड़कर भागने के लिए बाध्य करते हैं। यदि युद्ध का यह अवसर भी हाथ से निकल गया, तो भीम का अपना ही आक्रोश उसके शरीर तथा मन में उमड़-घुमड़ करता हुआ उनकी क्षति करता रहेगा।

"आर्य! अपने भाइयों को जगाइए।" हिडिम्बा बोली, "मेरा भाई किसी भी क्षण यहाँ आ सकता है। आप उसे नहीं जानते कि वह कितना क्रूर हो सकता है।" वह सोयी हुई कुन्ती की ओर बढ़ी।

"नहीं!" भीम उसके मार्ग में खड़ा हो गया, "मेरी माता और मेरे भाई बहुत थके हुए हैं। उन्हें जगाया नहीं जायेगा–किसी के आदेश से नहीं, किसी के भी भय से नहीं!"

हिडिम्बा के चेहरे से भय के चिह्न लुप्त हो गये। उसने किसी मुग्धा के समान आँखों में प्रशंसा तथा पूर्ण समर्पण का भाव भर कर, भीम को इस प्रकार देखा कि भीम भीतर तक सिहर उठा।

"मैं तुम्हारा भाव समझती हूँ वीर!" वह बोली, "किन्तु मेरे भाई की शक्ति को तुम नहीं जानते। वह यहाँ आ गया तो उससे तुममें से किसी का भी बचना सम्भव नहीं होगा।"

भीम पर किसी ने जैसे कशाघात कर उसके भीतर सोए हुए दुर्द्धर्ष योद्धा को जगा दिया था; और इस योद्धा के मन में बड़ी प्रबल कामना थी कि उसके सम्मुख खड़ी यह रमणी भी उसका बल, युद्ध-कौशल तथा सामर्थ्य अवश्य देख ले...ऐसा न हो कि उसे यह युद्ध इस रमणी की अनुपस्थिति में लड़ना पड़े...

"तुम उसकी तनिक भी चिन्ता न करो सुमध्यमे!" भीम की

वाणी में स्पष्ट ही स्नेह झलक रहा था, "मैं तुम्हारे भाई से भयभीत नहीं हूँ। वैसे भी बहुत दिनों से ढंग का व्यायाम नहीं हुआ है। यदि वह आ जाता है और युद्ध का साहस जुटा पाता है तो मेरा बदन तनिक खुल जायेगा।"

"वह राक्षस है। नर-भक्षी राक्षस!" हिडिम्बा के स्वर में भय भी था और चिन्ता भी, "आर्य! आप..."

तभी भीम ने वृक्षों के झुरमुट में से एक विकराल आकृति को निकलते देखा। भीम को लगा कि उसके मन में जैसे बहुप्रतीक्षित अवसर के आ उपस्थित होने की प्रसन्नता जागी है।

"पृथुश्रोणि! देखो, क्या यही है तुम्हारा वह त्रिलोकजयी भाई?"

हिडिम्बा ने ही उसे मुड़ कर नहीं देखा, भीम ने भी उसे ध्यान से देखा : निश्चय ही वह असाधारण रूप से दीर्घाकार व्यक्ति था। शरीर से हृष्ट-पुष्ट था और पर्याप्त बलशाली भी लगता था। अपनी वेशभूषा और भंगिमा से उसने स्वयं को पर्याप्त कुरूप तथा भयंकर बना रखा था। किन्तु इतना तो स्पष्ट ही था कि उसका शरीर जितना खाता था, उतना व्यायाम नहीं करता था। वक्ष की तुलना में पेट का क्षेत्रफल भी अधिक था और उभार थी। शरीर का मांस अभी लटका तो नहीं था; किन्तु मांसपेशियों की तुलना में वसा का आधिक्य पहली ही दृष्टि में स्पष्ट हो जाता था।...उसके सिर के केश रूखे और प्रायः खड़े थे। ऐसा नहीं लगता था कि नापित की कैंची ने उन्हें कभी सँवारा भी हो। उसने अपने कण्ठ में अस्थियों की एक माला धारण कर रखी थी, जिसके मध्य में एक नर-मुण्ड लटक रहा था। सम्भवतः वे अस्थियाँ उन अभागे मनुष्यों की थीं, जिनका वह भक्षण कर चुका था।

हिडिम्बा की आँखों में भय तैर गया। उसने अपनी उन भयभीत आँखों से भीम की ओर देखा; किन्तु भीम के चेहरे पर चुनौती स्वीकार करने का उल्लास था।

भीम सोच रहा था : क्या वारणावत में ही अपने शस्त्रों का त्याग करना उचित था? शस्त्रों के कारण उन्हें अपने पहचान लिये जाने का भय था...किन्तु पहचाने जाने की समस्या तो वहाँ होगी जहाँ मनुष्य बसते हों। यदि उन्हें निर्जन वनों में ही रहना है तथा हिंस्र पशुओं अथवा नर-भक्षी राक्षसों का सामना करना है, तो उनके लिए पहचान लिए जाने का जोखम कम, तथा आत्मरक्षा के लिए शस्त्रों की आवश्यकता अधिक है...

सहसा भीम के अपने ही मन में जिज्ञासा जन्मी : क्या वह इस प्रकार राक्षस से भयभीत है?...और उसके उत्तर में भीम कुछ और तन कर सीधा खड़ा हो गया...

"भागिए आर्य! भागिए!" हिडिम्बा कह रही थी, "अब भी समय है।"

वह पर्याप्त ऊँचे स्वर में बोली थी और अब हिडिम्ब अधिक दूर भी नहीं था। उसने सुन लिया था कि उसकी बहन, उसके आखेट को भागने के लिए कह रही थी। वह भीम अथवा सोयी हुई कुन्ती तथा शेष पाण्डवों की ओर बढ़ने के स्थान पर हिडिम्बा पर ही झपटा, "ठहर दुष्टे! मैं वहाँ आहार की प्रतीक्षा में भूखा बैठा हूँ; और तेरे अंग यहाँ पुरुष-समागम के सुख के लिए व्याकुल हो रहे हैं! मैं करता हूँ तेरी व्याकुलता शान्त..."

भीम ने अनुभव किया कि अपनी माता और भाइयों की ही नहीं, इस राक्षसी हिडिम्बा की रक्षा भी उसका धर्म है। हिडिम्बा ने उन्हीं की रक्षा के प्रयत्न में अपने भाई से यह शत्रुता मोल ली थी।...वैसे भी भीम इस दुष्ट राक्षस को अपने सामने हिडिम्बा पर अत्याचार करते नहीं देख सकता। वह इसे भाई-बहन का घरेलू विवाद कह कर भी नहीं टाल सकता...

भीम को पता ही नहीं चला कि कब उसने निश्चय कर लिया और कब उसने हिडिम्ब पर प्रहार कर दिया।

हिडिम्ब अभी भीम की ओर से आक्रमण की अपेक्षा नहीं कर रहा था...वैसे भी अपनी शक्ति के मद में वह कल्पना भी नहीं कर सकता था कि कोई मनुष्य उस पर इस प्रकार आक्रमण भी कर सकता है। वह स्वयं नहीं समझ पाया कि वह प्रहार की तीव्रता से स्तब्ध खड़ा रह गया अथवा उसकी अनपेक्षितता से...

इस स्तब्धता से उबरने में उसे कुछ क्षण लगे। वह भीम की ओर पलट कर बोला, "तू बीच में क्यों पड़ता है? वह मेरी बहन है, तेरी संरक्षिता नहीं। हमें आपस में निबट लेने दे। फिर हममें से जो जीवित बचे और तुम लोगों पर प्रहार करे, उससे युद्ध कर लेना।"

"नहीं!" भीम बोला, "वह स्त्री है। प्रत्येक असहाय स्त्री की रक्षा करना क्षत्रिय का धर्म है...और फिर यह तो हमारी मित्र भी है।"

"तुम्हारी मित्र!" हिडिम्ब चकित होकर बोला, "यह इस वन में रहने वाली राक्षसी तुम्हारी मित्र कैसे हो गयी?"

"यह हमारी रक्षा का प्रयत्न कर रही थी।...और मित्र किसे कहते हैं?"

हिडिम्ब ने दाँत पीसे और मुट्ठियाँ भींच लीं। वह जैसे भीम पर कूद पड़ा, "मित्र है या सखी–इसका निर्णय बाद में करना। इस समय तो अपने प्राण बचा।"

हिडिम्ब घूँसा तान कर भीम की ओर इस प्रकार झपटा, जैसे भीम कोई अचल लक्ष्य हो, जो अपना स्थान और स्थिति परिवर्तित ही नहीं करेगा। भीम उसकी मनःस्थिति को भाँप गया। हिडिम्ब के निकट आते ही कूद कर एक ओर हो गया, और अपनी झोंक में आगे गये हिडिम्ब की पीठ पर उसने उचक कर एक लात मारी। हिडिम्ब मुँह के बल भूमि पर जा गिरा और उच्च स्वर में डकराया, जैसे कोई आहत पशु डकराता है।

भीम के मन में आशंका जागी : यह दुष्ट तो चिला-चिल्ला कर चैन से सोयी उसकी माता और भाइयों की निद्रा भंग कर देगा।

हिडिम्ब अभी उठा ही था कि भीम ने उसे जा पकड़ा और घसीटता हुआ, उसे तीस हाथ दूर ले गया।

हिडिम्बा के मन में जागी आशंकाएँ शान्त हो गयीं : नहीं! हिडिम्ब इस युवक का कुछ नहीं बिगाड़ पायेगा। यह निश्चय ही हिडिम्ब से अधिक बलवान है।...और हिडिम्बा ने जैसे मात्र मनोक्रीड़ा के लिए सोचा...यदि कहीं यह युवक उसके भाई से तनिक भी दुर्बल पड़ता तो हिडिम्ब उसके सामने ही उसके कण्ठ में दाँत गाड़ कर उसका रक्त पी जाता और फिर स्वयं उसे भी जीवित नहीं छोड़ता।...वैसे भी यदि यह युवक उसे नहीं मिला तो...

तभी भीम ने हिडिम्ब को भूमि पर पटक कर, उसके वक्ष पर तीन-चार घूँसे लगाये। उसके प्रत्येक प्रहार पर हिडिम्ब के कण्ठ से किसी-न-किसी प्रकार का स्वर फूटता था, चाहे वह हुंकार हो अथवा चीत्कार; किन्तु भीम के मुख से एक भी ध्वनि नहीं निकली थी, जैसे वह युद्ध कर ही न रहा हो। यदि हिडिम्बा उनकी ओर पीठ कर लेती और मात्र ध्वनियों के आधार पर ही अनुमान लगाती तो हिडिम्ब के साथ किसी और व्यक्ति के होने का कोई आभास भी उसे न मिलता। हिडिम्बा ने देखा कि भीम हिडिम्ब के मुख पर, अपना हाथ रख उसके मुख से निकलने वाले इन चीत्कारों को भी रोकने का प्रयत्न कर रहा है। कदाचित् वह नहीं चाहता था कि वहाँ किसी प्रकार का कोलाहल हो...और सहसा उसका ध्यान, उस युवक के साथियों की ओर चला गया और जैसे सारी स्थिति उसकी समझ में आ गयी।...यह युवक एक भयंकर नर-भक्षी राक्षस से लड़ रहा था! वह तनिक भी दुर्बल पड़ेगा तो, उसके प्राण भी जा सकते हैं; किन्तु अपने प्राणों की रक्षा के लिए भी वह अपने साथियों की सहायता नहीं चाहता...उल्टे उसका सारा ध्यान इस ओर है कि कहीं इस युद्ध के कारण उसके साथियों की नींद न उचट जाये...उसे अपने प्राणों का भय नहीं है, अपने प्रियजनों की नींद उचटने का भय है...

हिडिम्बा का मन कभी इतना विह्वल नहीं हुआ था...किसी के मन में इतना भी प्रेम होता है?...अपने साथियों की नींद के सम्मुख उसके अपने प्राणों का कोई मूल्य नहीं है?... हिडिम्बा ने अपने समाज में प्रेम के नाम पर केवल अपना सुख प्राप्त करना ही सीखा था; कभी-कभी सुख का आदान-प्रदान भी देखा था; किन्तु प्रेम में दूसरे के सुख के लिए अपने प्राण देते हुए हिडिम्बा ने किसी को पहली ही बार देखा था।...और हिडिम्बा को लगा कि वह भी इस युवक के लिए अपने प्राण दे देगी। यदि कहीं हिडिम्ब ने इसके प्राण ले लिये तो वह हिडिम्ब को जीवित नहीं छोड़ेगी, चाहे इस प्रयत्न में उसके अपने प्राण चले जायें...

तभी हिडिम्ब भीम की पकड़ से छूट गया। उसने भीम को परे धकेला और उछल कर खड़ा हो गया। भीम सन्नद्ध स्थिति में खड़ा था। वह हिडिम्ब के आक्रमण की प्रतीक्षा कर रहा था। किन्तु हिडिम्ब ने भीम पर आक्रमण करने के स्थान पर, उल्टी दिशा में छलाँग लगायी और कुन्ती तथा अन्य पाण्डवों की ओर भागा।

क्षण भर के लिए तो भीम ठगा-सा खड़ा रह गया...क्या हिडिम्ब डर कर भाग रहा है?...किन्तु जैसे अगले ही क्षण उसकी समझ आ गया...वह उससे युद्ध करने के स्थान पर उसकी माता और उसके भाइयों पर आक्रमण करने जा रहा था। वे लोग सोये हुए थे, उनमें से किसी एक पर घातक प्रहार किया ही जा सकता है।...निश्चित रूप से हिडिम्ब को जाग्रत, सावधान तथा बलशाली भीम से लड़ने की तुलना में, सोये हुए उसके साथियों का वध करना सरल प्रतीत हुआ था...

भीम ने आश्चर्य से देखा, हिडिम्बा उससे पहले अपने भाई की योजना समझ गयी थी और लपक कर उसका मार्ग रोक कर खड़ी हो गयी थी। हिडिम्ब आक्रमण करते हुए, किसी हिंस्र पशु के समान दहाड़ा और उसके साथ ही भीम दौड़ कर उस पर कूदा। हिडिम्बा तक

पहुँचने से पहले ही भीम ने उसे जा दबोचा था; किन्तु हिडिम्ब भीम को पराजित करने के स्थान पर उससे छूट भागने का अधिक प्रयत्न कर रहा था।...किन्तु अब भीम समझ चुका था कि हिडिम्ब का लक्ष्य क्या था।...

तभी भीम ने अर्जुन का स्वर सुना, "मध्यम! चिन्ता मत करो। मैं आ रहा हूँ। नकुल और सहदेव, माँ की रक्षा कर लेंगे।..."

"नहीं!" भीम ने अब तक हिडिम्ब की ग्रीवा अपनी भुजा में दबा ली थी, "तुम तटस्थ ही रहो। इससे तो मैं अकेला ही निबट लूँगा। बहुत शक्तिशाली बना फिरता है; किन्तु इसमें दम है नहीं।"

"तो तुम इससे अधिक क्रीड़ा मत करो; प्रत्यूष में निशाचर, विशेष रूप से बलशाली हो जाते हैं।" अर्जुन ने पुकार कर कहा, "और फिर हमें आगे की यात्रा भी करनी है।"

भीम ने उत्तर नहीं दिया। उसने हिडिम्ब को फिर से भूमि पर पटक दिया और उसकी भुजाओं को अपनी हथेलियों से धरती पर बाँध कर, उसके वक्ष पर अपना घुटना टेक दिया था...

इस कोलाहल से कुन्ती की आँखें भी खुल गयी थीं। उसने देखा कि उसके सारे पुत्र जाग गये थे। थोड़ी दूर दो व्यक्ति लड़ते दिखायी दे रहे थे, जिनमें से एक भीम था।...और सामने एक अत्यन्त स्वस्थ, हृष्ट-पुष्ट युवती खड़ी थी। कुन्ती को अपनी ओर देखते पा कर युवती ने हाथ जोड़ कर प्रणाम किया।

"तुम कौन हो?" कुन्ती के मुख से अनायास ही निकल गया, "हम तो इस वन में किसी मनुष्य की कल्पना भी नहीं कर रहे थे।"

"मैं सालकटंकटी हूँ आर्ये!" हिडिम्बा बोली, "इस हिडिम्ब-वन के स्वामी राक्षसराज हिडिम्ब की बहन!"

"यहाँ क्या कर रही हो?" कुन्ती ने पूछा।

"अपने नरभक्षी भाई के आदेश पर आप लोगों का वध करने आयी थी; किन्तु आपके पुत्र को देख कर, काम की प्रेरणा से उनकी वशवर्तिनी

हो गयी हूँ। मैंने उन्हें अपना पति स्वीकार कर लिया है।..."

कुन्ती का हृदय धक् रह गया, "क्या उसने भी तुम्हें अपनी पत्नी स्वीकार कर लिया है?"

"नहीं! उन्होंने तो ऐसा कुछ नहीं कहा है।" हिडिम्बा बोली, "राक्षस समाज में तो किसी भी स्त्री को अधिकार है कि वह अपने मनोनीत पुरुष को स्थायी अथवा अस्थायी रूप से अपना पति स्वीकार कर ले। कोई भी पुरुष उसकी इच्छा का विरोध नहीं करता।..."

"क्या तुमने इसकी सूचना अपने भाई को दे दी है?" कुन्ती ने पूछा।

"नहीं। उसे मैंने सूचना नहीं दी है; किन्तु वह अपने-आप ही समझ गया है।" हिडिम्बा बोली, "इसलिए वह आपके पुत्र और मेरे प्राणवल्लभ से युद्ध कर रहा है।..."

"अर्थात् उसे सम्बन्ध स्वीकार नहीं है?"

"उसे इस सम्बन्ध से क्या लेना-देना!"

हिडिम्बा बोली, "यह तो स्त्री-पुरुष का परस्पर सम्बन्ध है इसमें किसी और का तो कोई काम ही नहीं है।"

भीम की पकड़ से छूट कर हिडिम्ब पुनः उन लोगों की ओर भागा; किन्तु इस बार उसका लक्ष्य, कुन्ती नहीं, हिडिम्बा थी।...इस बात को हिडिम्बा भी समझ गयी थी और अन्य पाण्डव भी...। हिडिम्बा ने देखा कि उसके प्राणवल्लभ के ये साथी, उसे उसके भाई से बचाने के लिए सावधान खड़े हो गये थे...किन्तु तब तक भीम पुनः हिडिम्ब को घसीट कर परे ले गया था और हिडिम्बा खड़ी सोचती रह गयी कि ये अपरिचित लोग अकारण ही उसके भाई से उसकी रक्षा के लिए सन्नद्ध क्यों हो गये थे? वे बिना किसी लाभ के, लोभ के ही अपने प्राणों को जोखम में डालकर उसकी रक्षा करना चाहते थे?...या क्या वे सब लोग उसे प्राप्त करना चाहते थे? राक्षसों में तो किसी स्त्री की रक्षा का एक ही अर्थ था...यहाँ तो जिस पुरुष

के सम्मुख उसने स्वयं आत्मसमर्पण की इच्छा प्रकट की थी, वह ही उसे अंगीकार करने का इच्छुक नहीं था...और ये सब लोग तो...और वैसे भी हिडिम्बा को उनमें से किसी का भी व्यवहार काम-प्रेरित नहीं लग रहा था। उनकी माता हिडिम्बा से वार्तालाप कर रही थी, तो उनमें से किसी ने भी हस्तक्षेप नहीं किया था। किसी ने उसे अपनी ओर आकृष्ट करने का प्रयत्न नहीं किया था।...

सहसा भीम ने हिडिम्ब को अपने हाथों में उठा लिया। हिडिम्ब एक निष्क्रिय लोथ-सा उसकी हथेलियों पर पड़ा रहा। भीम ने उसे कई बार घुमाया और फिर भूमि पर दे मारा। हिडिम्ब मरते हुए पशु के समान डकराया। उसने मुख से रक्त वमन किया और शान्त हो गया।

थोड़ी देर तक उसके शव के पास खड़ा भीम उसे देखता रहा। वह पुष्टि कर लेना चाहता था कि उसमें प्राण तो शेष नहीं है। हिडिम्ब के शरीर में कोई स्पन्दन नहीं जागा, तो भीम अपनी माता और भाइयों की ओर लौटा।

कुन्ती को लगा कि आज जैसे वह अपने इस बेटे को पहली बार देख रही है। यह तो वह जानती थी कि भीम पर्याप्त बलशाली है; किन्तु उसने आज तक उसे हृष्ट-पुष्ट बालक के रूप में ही देखा था। वह आज तक स्वयं को उसकी संरक्षिका मानती आयी थी।...उसकी देख-भाल करना, उसकी रक्षा करना, उसका पालन-पोषण करना—वह अपना दायित्व मानती थी। अपने पुत्रों में से यदि उसने किसी पर कोई दायित्व डाला था, अथवा दायित्व डालने योग्य समझा था, तो वह युधिष्ठिर ही था। और उसके पीछे भी उसके मन में सदा धारणा यही थी कि अभी उसका वय इस योग्य नहीं हुआ है; किन्तु पिता के न रहने पर, बाध्य होकर इस छोटी अवस्था में ही उसे ये दायित्व सँभालने पड़ रहे हैं।...

किन्तु आज उसने भीम का एक नया ही रूप देखा था। सहसा

ही भीम उसके संरक्षण से निकल कर उसका रक्षक हो गया था। उसका ही क्यों...आज उसने उन सबकी रक्षा की थी; और कितना आत्मविश्वास था उसमें! उसने उस नर-भक्षी हिडिम्ब से प्राणान्तक युद्ध करते हुए भी किसी भाई को सहायतार्थ नहीं पुकारा था। अर्जुन ने स्वयं अपनी ओर से कहा, तो उसने उसे तटस्थ रहने का ही परामर्श दिया...तो इसका अर्थ है कि उसका यह पुत्र पूर्णतः समर्थ हो चुका है और युवा भी...हाँ! युवा भी। कुन्ती समझ नहीं पायी कि उसके मन में मात्र विस्मय ही था या प्रसन्नता भी...पुनः सोचने पर उसे लगा कि कदाचित! ये दोनों ही भाव हैं; किन्तु साथ ही थोड़ी आशंका का भी मिश्रण है...वह इस अर्थ में तो युवा हो ही गया था कि इस नर-भक्षी राक्षस को अकेले ही बिना किसी शस्त्र के उसने अपने भुजबल और मल्ल-कौशल से मार डाला था...किन्तु वह इस अर्थ में भी युवा हो गया था कि उसे देख कर युवतियों के मन मचलने लगे थे...उसकी दृष्टि हिडिम्बा पर पड़ी...यह राक्षसी तो शुद्ध असंस्कारी, अनघड़ प्रकृति-पुत्री थी, वह भी पहचान गयी थी कि भीम अब युवा हो गया है, और उसपर अधिकार जमाने के लिए वह उपस्थित भी हो गयी।...विचित्र बात थी न...माँ को भी पुत्र की प्रेमिका से मालूम हुआ कि उसका पुत्र युवा हो गया है...जैसे माली को भी खिली हुई कलिका को देख कर ही ज्ञात होता है कि उसके उद्यान में वसन्त आ गया है...

भीम निकट आया। तो सबसे पहले हिडिम्बा ही उसकी ओर लपकी, "आर्य पुत्र!" उसने आलिंगन के लिए अपनी दोनों भुजाएँ फैला दीं।

भीम ने उसकी बढ़ी हुई भुजाओं को अपनी अँगुलियों में थाम लिया, "राक्षसि! तेरे भाई का मैंने वध कर दिया है...।"

"मैंने देखा है प्रिय! और मैं अत्यन्त प्रसन्न हूँ।" उसके चेहरे पर सचमुच आह्लाद छाया हुआ था।

"तो तू सचमुच राक्षसी है, जो अपने भाई के हत्यारे के कण्ठ में भुजाएँ डालने के लिए व्यग्र हो रही है!" भीम बोला।

"हमारे समाज में तो प्रायः प्रत्येक पुरुष अपने बल से ही अपने लिए स्त्री प्राप्त करता है। स्त्री के पिता तथा भाइयों को पराजित कर, उनका वध कर स्त्री की इच्छा के विरुद्ध वह उसे बाँध कर बलपूर्वक उठा ले जाता है। मैं तो स्वेच्छा से, अपने पति के रूप में तुम्हारा वरण कर रही हूँ।..."

भीम के मन में द्वन्द्व जागा; वह हिडिम्बा की भुजाओं को अपनी मुट्ठी में बाँधे, उसके स्पर्श से अपने शरीर में जागे काम-जनित उद्वेग के रोमांच का भोग भी कर रहा था; और उसका विवेक उसके शरीर को, इस युवती को ग्रहण कर लेने की अनुमति भी नहीं दे रहा था...

"फिर तो तू और भी तिरस्करणीय है।" भीम बोला, "तेरा कामावेग किसी भी और सम्बन्ध तथा स्नेह को नहीं जानता।"

हिडिम्बा तनिक भी हतप्रभ नहीं हुई, "स्त्री जिससे प्रेम करती है, उसके मित्रों को अपना मित्र और उसके शत्रुओं को अपना शत्रु समझती है। पत्नी के सम्बन्ध, उसके पति के सम्बन्धों से ही तो निर्धारित होते हैं।"

"वह तेरा प्रेम नहीं, कामावेग है।" भीम बोला, "जब काम का ज्वार उतर जायेगा तो तुझे अपने सम्बन्ध स्मरण आने लगेंगे। फिर तुझे यह भी याद आयेगा कि मैंने तेरे भाई का वध किया है। उस समय तू उसका प्रतिशोध चाहेगी...।" भीम ने हिडिम्बा को झकझोर दिया।

हिडिम्बा ने जैसे अपने सुख के अतिरेक में आँखें मूँद लीं, "मुझे और झकझोरो। मुझे पीटो और कूटो! ऐसा शक्तिशाली पुरुष संसार में और कहाँ होगा!"

भीम के मन में संकोच का अंकुर फूटा; वह जिसे दण्ड समझ रहा था, वह जैसे हिडिम्बा का काम-सुख था। वह राक्षस-समाज में

पत्नी थी। उसकी मर्यादाएँ भी आर्यों से भिन्न थीं; किन्तु भीम की अपनी मर्यादा थी। उसकी माता और उसके भाई, उसके सम्मुख खड़े उसके व्यवहार को बड़े ध्यान से देख रहे थे।

भीम ने उसे मुक्त कर दिया, "जा! जहाँ चाहे चली जा!"

"क्या?" हिडिम्बा की आँखें खुल गयीं। उसकी आँखों में आश्चर्य भी था, पीड़ा भी और भीम के कथन के प्रति अविश्वास भी।

"मध्यम, चलो!" अर्जुन ने कहा, "दिन का प्रकाश हो रहा है, यहाँ से दूर चले जाना चाहिए।"

"चलो!" भीम न केवल उनके साथ आ मिला, वरन् वह उनसे भी आगे चल रहा था।

कुन्ती का असमंजस बढ़ता जा रहा था। वह देख रही थी कि वह युवती शुद्ध प्रकृति के समान निश्छल और सरल थी। वह अपनी प्राकृतिक आवश्यकताओं को सहज ही स्वीकार कर रही थी। न उसका दुराव से परिचय था, न परिष्कार से! वह निश्चित रूप से भीम की अनुरागिनी थी और निर्द्वन्द्व शब्दों में उसे स्वीकार कर रही थी।...वह कदाचित् विभिन्न समाजों के भेदों और विभाजनों को नहीं समझती थी। वह नहीं समझती थी कि भीम के साथ उसका विवाह क्यों नहीं हो सकता। उसने यह जानने का भी प्रयत्न नहीं किया था कि वे लोग कौन हैं और उसके तथा भीम के समाज में क्या अन्तर है...भीग की ओर से भी कुन्ती कम आशंकित नहीं थी। इस समय अपने क्रोध अथवा संकोच में वह सालकटंकटी को चली जाने को कह रहा था; किन्तु इस वय के तरुण को नारी-शरीर का एक स्पर्श, उसका एक वचन अथवा एक मुस्कांन कब नवनीत के समान पिघला दे—इस विषय में निश्चित रूप से क्या कहा जा सकता है! सालकटंकटी को क्रोध से झकझोरते हुए भी भीम की भुजाओं के रोमों का रोमांच कुन्ती ने देखा था...

किन्तु सालकटंकटी किसी पाण्डु-पुत्र की धर्मपत्नी होने योग्य

संस्कारों से सम्पन्न नहीं थी। वह कुरुवंश की वधू नहीं हो सकती थी। वैसे भी वह अभी भीम को विवाह करने की अनुमति नहीं दे सकती थी। इस संकट-काल में वह अपने पुत्रों के विवाह की बात सोच भी नहीं सकती थी। अभी तो वे छह थे; यदि पुत्रों के साथ वधुओं की रक्षा और भरण-पोषण की आवश्यकता भी जुड़ गयी तो समस्या और भी गम्भीर हो जायेगी।...वैसे भरण-पोषण की शायद उतनी समस्या न हो। पाँच पुत्र हैं कुन्ती के। इतना अन्न तो जुटा ही लेंगे कि अपना और उसका पेट भर सकें; किन्तु सुरक्षा?...उनकी संख्या जितनी अधिक होगी, सुरक्षा का कार्य उतना ही कठिन होता जायेगा।...वे अपने अस्तित्व को गुप्त रखना चाहते हैं। वे धृतराष्ट्र तथा दुर्योधन का यह भ्रम बनाये रखना चाहते हैं कि कुन्ती और उसके पुत्र वारणावत में जल कर यमलोक जा चुके हैं।...ऐसे में वह बहुएँ बटोरेगी तो इस भ्रम को बनाये रखना कठिन होता जायेगा...

और फिर निर्दोष युधिष्ठिर के अविवाहित रहते, भीम विवाह कर ही कैसे सकता है? अपने परिवार में, परिवेदन की अनुमति, वह दे ही कैसे सकती है?...क्या वह भीम को केवल इसलिए परिवेत्ता बन जाने दे, क्योंकि एक राक्षसी उसे देख कर काम-विह्वल हो गयी है? एक असंस्कारी नारी की प्राकृतिक भूख के कारण वह अपने परिवार तथा समाज की मर्यादाएँ तोड़ दे?...

कुन्ती समझ नहीं पा रही थी कि वह क्या करे! अपने पुत्रों को क्या परामर्श दे!...किन्तु अपने अनिर्णय में वे यहीं तो बैठे नहीं रह सकते। उन्हें तो हस्तिनापुर की सीमाओं से दूर निकल जाना है। वहाँ—जहाँ दुर्योधन, उनके होने की कल्पना भी न कर सके...

कुन्ती के पग आगे बढ़े तो आँखें पलट कर पीछे देखने लगीं। ...हिडिम्बा भी उनके पीछे-पीछे आ रही थी। यह तो अच्छा ही था कि भीम का ध्यान उसकी ओर नहीं था। वह तो यह मान कर कि अब आगे चलना है, आगे-आगे चल पड़ा था। यदि कहीं उसका ध्यान हिडिम्बा की ओर चला जाता तो कदाचित् वह उसके प्रति और भी

कठोर हो जाता।...कुन्ती को लगा कि एक ओर जहाँ वह एकदम नहीं चाहती कि यह सालकटंकटी उनके साथ आये अथवा भीम के साथ उसका कोई सम्बन्ध हो—वहीं उसके मन में इस अबोध तरुणी के प्रति ममत्व का भाव भी था। वह सरला तो इस प्रकार काम से अभिभूत थी कि कदाचित् वह यह जानती ही नहीं थी कि वह कर क्या रही है। वह वन में रहने वाली किसी मृगी के समान ही कामविह्वल होकर, भीम के पीछे-पीछे चल रही थी। आर्यों के समाज की जटिल संरचना तथा ऋषियों द्वारा रचे गये कर्मशास्त्र के नियमों का उसे कोई ज्ञान नहीं था।

"पुत्री!" कुन्ती को स्वयं ही अपने मुख से अनायास फूटे इस सम्बोधन पर आश्चर्य हुआ, "तुम हमारे साथ कहाँ जाओगी?"

"मुझे न रोकें देवि!" सालकटंकटी की आँखों में अश्रु थे, "आपके पुत्र को न पा सकी तो मैं जीवित नहीं रह पाऊँगी। मैंने अपने मनोनीत पति को पाने के लिए अपने भाई की बलि दी है।..."

कुन्ती के पग रुक गये, "तुम अपनी ओर से ठीक ही कह रही हो पुत्री! किन्तु तुम यह नहीं समझ रही हो कि विवाह एक स्त्री तथा पुरुष का मात्र देह-सम्बन्ध ही नहीं है...।"

हिडिम्बा ने कुन्ती की बात पूरी नहीं होने दी, "जानती हूँ माता! देह-सम्बन्ध की ही क्या बात है! मैं उनकी पूरी सेवा करूँगी। भोजन लाऊँगी। झाड़-बुहार करूँगी। वे लेटेंगे तो उनके पैर दबाऊँगी। पूरी सेवा करूँगी।"

कुन्ती हँसी, "तुम बहुत भोली हो सालकटंकटी! तुम सारा सम्बन्ध केवल मेरे पुत्र से ही रखना चाहती हो।..."

"माता! वह सम्बन्ध है ही स्त्री और पुरुष का।" वह बोली, "वैसे आपकी भी सेवा कर दिया करूँगी। जो आप कहेंगी, वे सारे काम करूँगी। अपने भाई की भी तो प्रत्येक आज्ञा का पालन करती ही थी मैं।"

कुन्ती को उस पर क्रोध नहीं आया। उसके मन में सहज ममत्व

उपजा। वह उसकी पीड़ा देख रही थी...किस प्रकार वह इस सरला की मनोकामना पूरी करे?...अपनी मर्यादा का वह उल्लंघन कर नहीं सकती।

"देखो! स्त्री-पुरुष को सम्बन्धों का धर्मसम्मत सामाजिक विधान है—विवाह!" कुन्ती बोली, "मैं तुम्हें यही समझाने का प्रयत्न कर रही हूँ कि विवाह, केवल एक स्त्री और एक पुरुष का मात्र देह-सम्बन्ध नहीं है। यह उनका अपना स्वतन्त्र सम्बन्ध नहीं है। यह तो पूरे परिवार में एक नये सदस्य का जुड़ना है। नये सदस्य द्वारा उस पूरे परिवार को अपना सदस्य स्वीकार करना है। उसके लिए आवश्यक है कि तुम्हारा पूरा परिवार इस सम्बन्ध की स्वीकृति दे। हमारा पूरा परिवार तुम्हें स्वीकार करने को तैयार हो।...तुम्हारे परिवार में कोई और भी है अथवा केवल तुम ही हो?"

"मेरे भाई हिडिम्ब का आर्यपुत्र ने वध कर दिया है।...और कोई है ही नहीं। अब तो अपना पूरा परिवार मैं ही हूँ। वैसे इसमें परिवार को करना ही क्या है! यदि मुझे एक पुरुष प्रिय है, और मैं उसकी संगति में ही प्रसन्न रह सकती हूँ, तो मेरे परिवार को उसमें क्या करना है?"...उसने कुन्ती को इस प्रकार देखा, जैसे कुन्ती जाने क्यों किसी निरर्थक विवाद के कारण उसे पीड़ित कर रही हो।

"माँ! तुम क्यों व्यर्थ ही उसके साथ सिर खपा रही हो! यह नहीं समझेगी। चलो तुम!" भीम अपनी स्वाभाविक उग्रता के साथ बोला।

"तनिक धैर्य रखो पुत्र!" कुन्ती बोली, "तुम क्यों व्याकुल हो रहे हो?"

"मैं तुम्हारे लिए व्याकुल हूँ माँ!" भीम आकस्मिक रूप से शान्त हो गया, "कि यह सालकटंकटी नर-भक्षण की अभ्यस्त है। यह तुम्हारा भेजा खा जायेगी।"

"चुप रह दुष्ट!" कुन्ती को भीम के व्यवहार में सालकटंकटी के प्रति विरोध के स्थान पर एक दुर्ललित विनोद दिखायी पड़ा। वह हिडिम्बा से सम्बोधित हुई, "बात यह है पुत्री, कि कन्या के परिवार

वाले, उससे प्रेम करते हैं। कन्या के सुख से उनको सुख, और उसके दुख से उनको दुख होता है। इसलिए यह उनका दायित्व है कि विवाह से पहले वे उस परिवार को भली-भाँति परखें, जिसमें उनकी कन्या जा रही है। उन्हें देखना है कि उनकी कन्या का उचित भरण-पोषण हो, उसे जीवन की आवश्यक सुविधाएँ प्राप्त हों; उसका उचित मानसिक और शारीरिक विकास हो; और वहाँ उसके शरीर, उसके सम्मान तथा उसके हितों की रक्षा हो। यदि वे इन सब बातों का ध्यान नहीं रखते, तो वे कन्या के प्रति अपराधी हैं।..."

"मेरा तो परिवार है नहीं माता! इसलिए उसके अपराध, पाप, पुण्य इत्यादि की चर्चा ही व्यर्थ है।" सालकटंकटी बोली, "हाँ! आप अपने परिवार की सोचें। यदि आपके परिवार को किसी कारण से मैं स्वीकार्य नहीं हूँ, तो मैं अपने पति को लेकर आपसे कहीं दूर चली जाऊँगी..."

इस बार कुन्ती ने हिडिम्बा की बात पूरी नहीं होने दी, "मुझे इसी बात का भय है हिडिम्बे! तुम हमें इसलिए अस्वीकार हो; क्योंकि तुम हमारे परिवार में जुड़ कर उसकी बुद्धि तथा विकास करने के स्थान पर, उसे भंग करोगी। मेरे ये पाँच पुत्र, जो आज तक सर्वथा एक हैं, जिनमें किसी भी प्रकार का रंचमात्र भी भेद नहीं है, तुम उनको तिनके-तिनके के समान बिखेर दोगी..."

हिडिम्बा ने बिना हतप्रभ हुए, चकित दृष्टि से कुन्ती को देखा, "तो इसमें अनुचित क्या है, माता! प्रत्येक दम्पती का अपना एक घर होता है। वन के सारे पशु-पक्षी इसी प्रकार रहते हैं। यदि कोई दम्पती अपने माता-पिता तथा बन्धुओं से दूर एकान्त में वनों, पर्वतों और सरोवरों में विहार करें तो यह भी कोई पाप है? माता! आपके समाज में यौवन का सुख भी अपराध है क्या, काम-सुख अधर्म है क्या?"

कुन्ती पुनः सहज हो गयी थी : इस अबोध वन-कन्या के प्रति विरोध क्या और आक्रोश क्या! इसकी बुद्धि सीमित है, इसका ज्ञान सीमित है। इसका संसार वन के पशु-पक्षियों तक ही परिमित है।

मानव-समाज की परिवार-परिकल्पना के साथ इसका कभी साक्षात्कार ही नहीं हुआ।

"सुनो हिडिम्बे! मनुष्य वन में बसने वाला पशु-पक्षी नहीं है। उसकी आवश्यकताएँ, बुद्धि तथा मर्यादा वन के पशु-पक्षियों से कहीं अधिक विस्तृत तथा उदात्त हैं। पशु-पक्षियों को प्रकृति ने बहुत सीमित बुद्धि दी है। उनका जीवन केवल दम्पती तक सीमित है और उसका लक्ष्य मात्र सन्तानोत्पत्ति है। मानव केवल दम्पती नहीं, परिवार बनाता है। समाज बनाता है। मनुष्य को प्रकृति ने पशु-पक्षियों की तुलना में कहीं अधिक विकसित बुद्धि दी है। अतः उसका दायित्व भी अधिक विस्तृत है। यहाँ हमारी आवश्यकता केवल पति अथवा पत्नी से पूर्ण नहीं होती। हमें परिवार के अन्य सदस्यों—माता, पिता, बहन तथा अन्य सम्बन्धियों की भी आवश्यकता होती है। अतः उनके प्रति हमारा दायित्व भी होता है। तुम मेरे इस पुत्र को लेकर विहार करती फिरोगी, तो हमारे परिवार का विकास नहीं होगा, उसका ह्रास होगा। इस पर केवल सन्तान उत्पन्न करने का ही दायित्व नहीं है कि यह तुम्हारे साथ चला जाये। इस पर माता तथा भाइयों का भी दायित्व है, अन्य सम्बन्धियों का भी दायित्व है; इसे कुछ समाज और राज्य के विषय में सोचना है।..."

सालकटंकटी जैसे पहली बार हतप्रभ हुई, "यह सब तो मैंने कभी सोचा ही नहीं है। मैं तो केवल अपनी ही आवश्यकता जानती हूँ।" वह रुकी, "पर देवि! आप जो कुछ कह रही हैं, वह सब मुझे सिखायेंगी, तो क्या मैं नहीं सीखूँगी? मैं राक्षस-कन्या अवश्य हूँ; किन्तु न तो यातुधानी हूँ और न ही निशाचरी!"

"माँ!" युधिष्ठिर ने धीरे से कहा, "यदि यहाँ ही रुकना चाहो तो मैं कुछ जल तथा खाद्य-सामग्री की खोज में जाऊँ। तुम भूल रही हो, तुम्हें जल ग्रहण किये हुए दस प्रहर बीत चुके हैं। नकुल और सहदेव भी कष्ट में होंगे।"

कुन्ती को ध्यान आया, वारणावत से निकले हुए उन्हें सचमुच

दस प्रहर हो चुके हैं। रात को भी तो वे लोग भूख, प्यास और थकान से निढाल होकर रुके थे सो वहीं बैठे-बैठे ही सो गये थे।...

कुन्ती के कुछ कहने से पूर्व ही हिडिम्बा बोली, "यहाँ से आधा प्रहर की दूरी पर शालिहोत्र मुनि का आश्रम है माता! उसके निकट ठण्डे और स्वादिष्ट जल का सरोवर है। फलों के भी अनेक वृक्ष हैं। चलिए, मैं आपको वहीं ले चलती हूँ। वहाँ आप स्नान कर, हवन इत्यादि भी कर सकते हैं, जो मुनि लोग किया करते हैं। वह अग्नि, धुआँ...।"

"पर सालकटंकटी! हमने अभी यह निश्चय तो किया ही नहीं है कि हम तुम्हें साथ ले चलना भी चाहते हैं या नहीं!" कुन्ती ने अपने स्वर को मधुर बनाते हुए कहा।

"क्यों?" हिडिम्बा ने पुनः आश्चर्य से कहा, "माता! यदि आप मुझे साथ नहीं ले जायेंगी, तो वह सब सिखायेंगी कैसे, जो आप मुझे सिखाना चाहती हैं?"

कुन्ती को लगा, उसका मन इस सरला पर मुग्ध होकर ही रहेगा। इतनी सरल है कि अपने मन के बाहर जैसे कुछ समझती ही नहीं। उसे यह कैसे समझाया जा सकता है कि उसे कुरुकुल की वधू के अनुकूल शिक्षा देने में इतना समय लग जायेगा कि भीम के धैर्य की सारी सीमाएँ टूट जायेंगी; भीम इतनी लम्बी प्रतीक्षा नहीं कर सकता।...

"माँ! शालिहोत्र मुनि का आश्रम ठीक रहेगा।" अर्जुन बोला, "क्योंकि...।" उसने अपनी बात अधूरी ही छोड़ दी। कुन्ती ने देखा, उसकी दृष्टि हिडिम्बा पर टँगी हुई थी। निश्चय ही, उसके सम्मुख अपनी बात कहते हुए उसे गोपनीयता भंग होती हुई लगी होगी।

"सुनो पुत्री!" इस बार कुन्ती ने अपने स्वर को असाधारण रूप में कोमल कर लिया, "मैं जानती हूँ कि तुम्हें यह जान कर दुख होगा; किन्तु अपने ज्येष्ठ पुत्र के अविवाहित रहते, मैं अपने दूसरे पुत्र का

विवाह नहीं कर सकती। हमारे समाज में इसे परिवेदन कहते हैं और उसे अधर्म माना जाता है।..."

हिडिम्बा की आँखों में हताशा उतर आयी, "किन्तु मैं आपके ज्येष्ठ पुत्र से विवाह नहीं करना चाहती माता!"

"मैं जानती हूँ पुत्री, कि तुम्हारा मनोनीत पति मेरा द्वितीय पुत्र है। मैं भी नहीं चाहती कि तुम मेरे किसी अन्य पुत्र की ओर इस दृष्टि से देखो। वे तुम्हें अनुकूल नहीं पड़ेंगे। अतः तुम इसे अपना भाग्य स्वीकार कर लो कि यह विवाह नहीं हो सकता।"

क्षण-भर के लिए सालकटंकटी जैसे स्तब्ध रह गयी; और फिर उस क्षोभ को जो उसके कण्ठ में फँस गया था, निगल कर बोली, "आप जानती हैं, यदि मेरे पति मुझे नहीं मिले, तो मैं जीवित नहीं रह पाऊँगी।" वह कुन्ती के सम्मुख भूमि पर बैठ गयी; और फिर उसने कुन्ती के चरण पकड़ लिये, "इतना तो मैं समझ गयी हूँ कि आर्य-नियमों से कदाचित् यह विवाह नहीं हो सकता; किन्तु राक्षस-नियमों में विधान है माता! मुझे आप पुत्रवधू स्वीकार करें या न करें; मुझे अपने साथ अपने परिवार में ले चलें, न ले चलें; किन्तु मुझे अपने प्रिय के साथ कुछ समय व्यतीत करने दें।...और यदि यह भी नहीं," उसने रुक कर अपनी संकल्प-भरी आँखें ऊपर उठायीं, "तो अपने पुत्र को आदेश दें कि वह अपने हाथों से मेरा गला घोंट दे।..."

"वह ऐसी निरीह हत्या कैसे कर सकता है हिडिम्बे!" कुन्ती बोली, "वह नर-भक्षी नहीं है।"

"तो फिर मुझे अपने चरणों में मरने दें।"

इससे पहले कि कोई कुछ समझ पाता, हिडिम्बा ने कुन्ती के चरणों में धरती पर अपना सिर दे मारा...

"हिडिम्बे!" कुन्ती से पहले, भीम उस तक पहुँच गया; और उसने उसे भुजाओं से पकड़ कर उठा लिया।

कुन्ती ने देखा, भीम की आँखों में सालकटंकटी के लिए अपार

ममता थी; और सालकटंकटी को तो जैसे अपना स्वर्ग ही मिल गया था।

कुन्ती के मन में संशय जागा : इन दोनों को पृथक् रखना धर्म है क्या?...किन्तु इतना तो उसके मन में स्पष्ट था कि आर्यों के अनुसार इन दोनों का संयोग धर्म नहीं है...पर वह, यह भी देख रही थी कि हिडिम्बा के मन में यह विचार उतना ही स्पष्ट था कि उन दोनों का मिलना ही धर्म था। उसके मन में भीम के दर्शन मात्र से काम जाग उठा था। अपने मन में तथा उन सबके सम्मुख वह उसे अपना पति स्वीकार कर चुकी थी। अतः उनका मिलन ही धर्म था...तो क्या कुन्ती भीम को राक्षस-विधि स्वीकार करने दे?...

"देखो हिडिम्बे!" कुन्ती अत्यन्त स्नेह से बोली और उसने जैसे हिडिम्बा को भीम से ले कर अपने पास बैठा लिया, "हमें तुमसे कोई विरोध नहीं है। हम तुम्हें तनिक भी कष्ट देना नहीं चाहते! तुम्हारे सुख के लिए जो कुछ करना हमारे वश में है, वह हम करेंगे।"

"तो माता!" सालकटंकटी बोली, "मुझे आप जीवन-दान दीजिए।" उसकी आँखों में याचना का पारावार उमड़ रहा था, "मैं जानती हूँ, आप लोग मेरे समान वन के निवासी नहीं हैं। जाने किन कारणों से आप यात्रा करते हुए, वन में आ गये हैं; किन्तु हैं आप यात्री ही। मुझ पर कृपा कर कुछ दिन शालिहोत्र मुनि के आश्रम में टिक जाइए और मुझे राक्षस-विधि के अनुसार सन्तान-जन्म तक अपने कन्त के साथ रमण करने की अनुमति दें।...उसके पश्चात् मैं आपको नहीं रोकूँगी।"

कुन्ती ने युधिष्ठिर की ओर प्रश्न-भरी दृष्टि से देखा।

युधिष्ठिर के मन में भी पर्याप्त ऊहापोह था। वह इस सारी घटना को धर्म की दृष्टि से देख रहा था और सुरक्षा की दृष्टि से भी। उन्हें यहाँ अनिश्चित काल तक अपने-आपको छुपाए रखना था। इस दृष्टि से उन्हें किसी भी अपरिचित व्यक्ति को अपने निकट नहीं आने देना चाहिए था...वे लोग स्वयं तो ब्राह्मण तपस्वियों का रूप

धारण कर, गोपनीय ढंग से रह सकते हैं। कोई भी उन पर सन्देह नहीं करेगा। उनका यह बताना भी आवश्यक नहीं है कि वे पाँचों परस्पर भाई ही हैं। कोई भी पाँच तपस्वी एक साथ रह सकते हैं। माँ भी एक वृद्धा ब्राह्मणी के रूप में उनके साथ रह सकती हैं। अपना परिचय गुप्त रखने के लिए, माँ को किसी एक की माता भी बताया जा सकता है; किन्तु सालकटंकटी अपनी अवस्था और अभ्यास के कारण तपस्विनी के रूप में नहीं रह पायेगी। जैसी काम-विह्वला वह है, उसका भीम से सम्बन्ध छिपाना वैसे भी कठिन होगा; और इस वन में सालकटंकटी के अनेक परिचित एवं सम्बन्धी भी होंगे। वे उसे देखते ही यह जानना चाहेंगे कि वह किन लोगों के साथ रह रही है। ... हिडिम्ब की मृत्यु की सूचना उसके सम्बन्धियों और राक्षस समाज को मिलेगी। वे लोग हिडिम्ब का वध करने वाले को खोजेंगे। हिडिम्बा को देख, वे उससे इस विषय में जिज्ञासा न करें, यह सम्भव नहीं है।...किन्तु, इस अज्ञात क्षेत्र में हिडिम्बा का उनके साथ होना, उनके लिए लाभकारी भी हो सकता है। उससे अधिक इस वन-प्रदेश को और कौन जानता होगा—इसके दुरूह और सुरक्षित स्थल, इसके जोखम-भरे स्थल, वन्य-पशुओं की स्थिति और नर-भक्षी राक्षसों के स्थान...

किन्तु सुरक्षा से भी अधिक युधिठिर को धर्म की चिन्ता थी। उसके मन में इस सन्दर्भ में तनिक भी सन्देह नहीं था कि प्राणों की रक्षा से अधिक श्रेयस्कर, धर्म की रक्षा है। अपनी रक्षा के लिए वे सालकटंकटी को मरने के लिए नहीं छोड़ सकते थे...और यदि वे इन दोनों दायित्वों को जोड़ दें तो उन लोगों को एक अल्पकालीन सहयोगिनी मिल जायेगी और सालकटंकटी की मनोकामना पूरी होगी...

युधिष्ठिर हिडिम्बा की ओर मुड़ा, "देखो सालकटंकटी! तुम्हारी मनोकामना पूर्ण करने के लिए राक्षस-पद्धति के अनुसार गर्भाधान तक की अवधि के लिए हम तुम्हें अपने भाई का संग करने की

अनुमति दे सकते हैं; किन्तु उसके लिए तुम्हें हमारे कुछ नियमों को स्वीकार करना होगा।"

हिडिम्बा ने कातर दृष्टि से युधिष्ठिर की ओर देखा, "आर्य, कहें।"

"तुमने नियमों को सुने बिना स्वीकार करने का वचन नहीं दिया है। इसका अर्थ यह है कि सुनने के पश्चात् सम्भव है, तुम उन नियमों को स्वीकार न करना चाहो। किन्तु यदि ऐसा हुआ, तो हम अपने भाई के साथ तुम्हारे सम्बन्ध की अनुमति नहीं देंगे।"

"कहें आर्य!"

"किन्हीं कारणों से हम अपना परिचय गुप्त ही रखना चाहते हैं; इसलिए जब तक हम स्वयं ही न बताना चाहें, तुम हमारा परिचय जानने का प्रयत्न नहीं करोगी।" युधिष्ठिर बोला, "तुम्हें अनायास ही हमारे विषय में जो सूचनाएँ मिलेंगी, उन्हें तुम गोपनीय मानोगी और अपने किसी स्वजन-सम्बन्धी से भी उसकी चर्चा नहीं करोगी।"

"आर्य! मैं अपने प्रिय को लेकर ऐसे दुरूह और गुप्त स्थान पर चली जाती, जहाँ हमें न कोई मिलता, न हमारा परिचय पूछता; किन्तु माता ने उसकी भी तो अनुमति नहीं दी है।" हिडिम्बा बोली।

"प्रातः जब स्नान-ध्यान कर मध्यम, मांगलिक परिधान धारण कर ले, तो तुम अपने साथ विहार के लिए उसे कहीं भी ले जा सकती हो; किन्तु सूर्यास्त से पूर्व तुम्हें, उन्हें लेकर लौट आना होगा।"

"मुझे स्वीकार है आर्य!" हिडिम्बा बोली, "मैं आपके इन नियमों को भंग करने की कल्पना भी नहीं कर सकती।...और इसे भी सदा आपका अनुग्रह ही मानूँगी।"

कुन्ती को लगा, हिडिम्बा में रंचमात्र भी राक्षसी उद्दण्डता नहीं है। वह अपने पालन-पोषण की दृष्टि से पर्याप्त सुशील और शालीन युवती लग रही थी। कुन्ती का मन जैसे ममता से उमड़ आया। उसने हिडिम्बा को अपनी बाँहों में भर, हृदय से लगा लिया।

"अच्छा! अब चलो!" युधिष्ठिर ने कहा, "हमें शीघ्र ही यहाँ से दूर निकल जाना चाहिए।"

भीम समझ नहीं पा रहा था कि इस सारी घटना की उसके मन में क्या प्रतिक्रिया हुई है। क्या वह प्रसन्न था कि माता तथा युधिष्ठिर ने सालकटंकटी को स्वीकार कर लिया था? यदि वह प्रसन्न था तो स्पष्टतः उसके अपने मन में भी सालकटंकटी की कामना रही होगी। ...क्या सचमुच उसके मन में यह कामना थी?...या यह मात्र हिडिम्बा की अपनी कामना की ही प्रचण्डता थी, जिसने माता तथा ज्येष्ठ के मन में उसके प्रति ममता और सहानुभूति जगा दी थी, और स्वयं भीम के मन में कामना...

"रात को मैं आप लोगों के लिए जल लेने गया था," सहसा भीम ने कहा, "किन्तु मेरे लौटने तक तो आप सब सो गये थे, किसी ने जल तो पिया ही नहीं।...मैं जल लाऊँ क्या?"

युधिष्ठिर ने कुछ चकित होकर भीम की ओर देखा : जल की तो अब किसी को याद ही नहीं थी, फिर...और फिर युधिष्ठिर को समझने में देर नहीं लगी कि भीम इस विधि से अपना संकोच दूर कर, सहज होने का प्रयत्न कर रहा था।

"माँ! तुम्हें प्यास लगी है क्या?" युधिष्ठिर ने पूछा।

"तत्काल तो ऐसी कोई आवश्यकता नहीं लग रही।" कुन्ती बोली, "किन्तु अब स्नान भी करना है। जल तो...।"

"माता! शालिहोत्र मुनि के आश्रम की ओर चलें। वहाँ शीतल और स्वादिष्ट जल का सरोवर भी है।" हिडिम्बा बोली, "दूसरा एक सरोवर विपरीत दिशा में भी है; किन्तु न तो उसका जल उतना अच्छा है; और न ही उसका परिवेश उतना शान्त है। उसके आस-पास हिंस्र पशु भी अधिक हैं।"

"निकट कौन-सा है?" युधिष्ठिर ने पूछा।

"निकटता का क्या है!" कुन्ती ने हिडिम्बा के उत्तर की प्रतीक्षा नहीं की, "सालकटंकटी ठीक कह रही है—हमें आश्रम की ओर जाना

चाहिए। वहाँ सन्ध्या-उपासना की भी सुविधा होगी; और परिवेश कुछ सुरक्षित भी होगा।"

"माता ठीक कहती हैं।" हिडिम्बा ने समर्थन किया।

"तो फिर उधर ही चलो।" युधिष्ठिर बोला, "सालकटंकटी! मार्ग दिखाओ।"

हिडिम्बा आगे-आगे चल पड़ी। उसके साथ-साथ भीम चल रहा था। उनके पीछे कुन्ती और युधिष्ठिर थे; और अन्त में अर्जुन, नकुल और सहदेव थे।

कुन्ती ने आकाश की ओर देखा और उसके मुख पर एक वक्र मुस्कान उभरी : कौन जानता था कि उसे अपनी पहली पुत्रवधू इस प्रकार मिलेगी...

2

आश्रम के निकट पहुँचने में उन्हें अधिक समय नहीं लगा। वे प्रसन्न थे कि रात के दो प्रहरों के विश्राम ने उन लोगों को पर्याप्त समर्थ बना दिया था। सबसे बड़ा आश्चर्य तो यह था कि कुन्ती भी अपने-आप बिना किसी सहायता के चल पा रही थी; और असुविधा का अनुभव नहीं कर रही थी।...किसी ने तात्कालिक रूप से जल की आवश्यकता भी अनुभव नहीं की थी। शायद रात की शीतलता ने उनकी तृषा शान्त कर दी थी।

आश्रम से कुछ पहले ही हिडिम्बा रुक गयी, "सामने आश्रम है। बायीं ओर सरोवर है। आपकी इच्छा हो तो मैं इस वृक्ष के नीचे आप लोगों के बैठने की व्यवस्था कर दूँ। आप लोग थोड़ा भोजन और विश्राम कर लें तो मैं कुटीर-निर्माण में लगूँ।"

युधिष्ठिर ने देखा—अच्छा स्थान था। प्राकृतिक शोभा मन को शान्ति देती थी। जल की भी सुविधा थी। यह स्थान नगर से दूर था; किन्तु मानव-अस्तित्व से दूर नहीं था। पास ही आश्रम था। यायावर संन्यासी भी यहाँ आते रहेंगे। प्रयत्न करने पर नगरों के समाचार भी आवश्यकतानुसार मिल जाया करेंगे। सुरक्षा की दृष्टि से भी यह स्थान ठीक ही था।

"अच्छा, माँ! आप लोग यहाँ विश्राम करें।" युधिष्ठिर ने कहा, "मैं आश्रम के कुलपति से मिल कर आता हूँ।"

"आप स्नान कर कुछ जलपान तो कर लें आर्य!" हिडिम्बा

बोली, "मुनि दिन भर आश्रम में ही रहते हैं।"

"नहीं!" युधिष्ठिर बोला, "उनके आश्रम में आये हैं, तो उनको प्रणाम कर, उनसे अनुमति तो लेनी ही होगी।"

"यह स्थान तो आश्रम से बाहर है।" हिडिम्बा ने कहा।

"तुम नहीं जानतीं सालकटंकटी!" कुन्ती ने समझाया, "आश्रमों की सीमाएँ, राज्यों की सीमाओं के समान नहीं होतीं कि हम उसके भीतर या बाहर होने की चिन्ता करें। हम आश्रम के निकट आये हैं और आश्रम का सद्भाव चाहते हैं—इतना ही पर्याप्त कारण है कि हम मुनि के दर्शनों के लिए जायें। वह हमारी मर्यादा है।"

"क्षमा करें देवि! क्षमा करें!" हिडिम्वा ने हाथ जोड़ दिये, "मैं अपने अज्ञान में चपलता कर बैठी। मैं अपनी राक्षस-मर्यादा के अनुसार, आश्रम की अधिकार-सीमा निश्चित कर रही थी।"

युधिष्ठिर के प्रणाम के उत्तर में मुनि ने आशीर्वाद दिया, "तुम पर प्रभु की कृपा हो।"

उन्होंने मौन बैठे युधिष्ठिर का निरीक्षण किया, "तुम क्षेत्र में नये आये लगते हो। अपना परिचय दो वत्स!"

"अभी तो साधारण वनवासी ही समझें मुनिवर! इससे अधिक परिचय दे नहीं सकता।" युधिष्ठिर बोला, "अधर्म और अन्याय से पीड़ित यात्री हैं।"

मुनि ने ध्यान से उसे देखा, जैसे उसके चेहरे पर से कुछ पढ़ने का प्रयत्न कर रहे हों। फिर मुस्कराकर बोले, "तुमने बहुत अच्छा किया, मिथ्या भाषण नहीं किया।...यहाँ किसलिए आए हो?"

"धर्म और न्याय की खोज में निकले हैं। कुछ दिन आपकी छत्रछाया में रहने के इच्छुक हैं।" युधिष्ठिर धीरे से बोला।

मुनि की आँखें उसी प्रकार युधिष्ठिर के मन के आर-पार देखती रहीं, "धर्म की आशा में आये हो अथवा न्याय की?"

"दोनों में कोई अन्तर है क्या कुलपति!" युधिष्ठिर कुछ चकित होकर बोला, "मैं तो दोनों को अभिन्न समझता हूँ।"

"दोनों अभिन्न तो हैं, क्योंकि अन्ततः न्याय ही धर्म है!" मुनि मुस्कराए, "किन्तु पुत्र! मैं तुम्हें धर्म दे सकता हूँ, न्याय नहीं! आश्रम में तुम्हें धर्म भी मिल सकता है और न्याय-बोध भी; किन्तु न्याय तो राजसभा में ही मिल पायेगा। न्याय के साथ दण्ड-विधान भी जुड़ा है। न्याय के लिए दुष्ट-दलन करना पड़ता है, धर्म के लिए आत्म-दमन! न्याय माँगा जाता है, धर्म साधा जाता है। न्याय में अधिकार है, धर्म में दायित्व। धर्म ऋषि देता है और न्याय राजा!"

"और यदि राजा न्याय न करे तो?" युधिष्ठिर के मुख से अनायास ही निकल गया।

"तो वह धर्म से च्युत होता है। ऐसा उसी राजसभा में होता है, जिसका सम्बन्ध आश्रम से विच्छिन्न हो चुका है। जिस राजसभा में ऋषि का सम्मान नहीं होता, वहाँ न धर्म होता है न न्याय!" मुनि ने रुक कर युधिष्ठिर की ओर देखा, "धर्म और न्याय का अन्तर समझ में आया वत्स?"

"हाँ मुनिवर!" युधिष्ठिर बोला, "धर्म और न्याय सहयात्री तो हैं; किन्तु अभिन्न नहीं!"

"यदि तुम धर्म से सन्तुष्ट हो सकोगे, तो वह इस आश्रम में पर्याप्त मिल जायेगा। चाहो तो सुविधाजनक स्थान पर कुटीर बना लो। तुम्हारे साथ कोई है या अकेले हो?"

"मेरी माता है। चार भाई हैं; और एक भाई की पत्नी है।"

"तो अपनी आवश्यकतानुसार कुटीर बना लो। आश्रमवासियों से जो सहायता अपेक्षित हो, वह कहो।" सहसा मुनि रुके, "तुम लोगों ने अभी भोजन तो नहीं किया होगा?"

"नहीं आर्य!"

"तो तुम लोग स्नान-ध्यान कर लो। मैं थोड़े-से फल और दूध भिजवाता हूँ।"

युधिष्ठिर प्रणाम कर लौट आया। उसने देखा, वृक्ष के नीचे थोड़ा-सा क्षेत्र जैसे झाड़-बुहार कर स्वच्छ कर लिया गया था। माँ

स्नान कर आयी थीं और ध्यान कर रही थीं। शेष लोग भी कुछ उसी प्रकार की व्यवस्था में लगे हुए थे। ऐसा लग रहा था कि उनकी अनिश्चितता समाप्त हो गयी थी और या तो उनका मन परिस्थितियों के अनुकूल बन चुका था, या फिर मन ने यह संकल्प कर लिया था कि वह परिस्थितियों को अनुकूल बना लेगा। युधिष्ठिर को सबसे अधिक आश्चर्य अपनी माता को देख कर होता था। कैसे वे प्रत्येक स्थिति को सहज ही स्वीकार कर लेती थीं, कैसे वे नये व्यक्ति को अंगीकार कर लेती थीं। हिमालय-क्षेत्र का कोई आश्रम हो या हस्तिनापुर का राजप्रासाद, किसी प्रासाद का ध्वंसावशेष हो या वारणावत का लाक्षागृह, हिडिम्ब का निर्जन वन हो या शालिहोत्र मुनि का आश्रम—वे सब स्थानों पर समान भाव से सहज और आश्वस्त थीं।

तभी कुन्ती ने आँखें खोलीं और युधिष्ठिर को सम्मुख देख कर बोली, "मुनि से भेंट हुई?"

"हाँ माँ! उन्होंने कुटीर बनाने की अनुमति दे दी है।"

"भोजन की भी कुछ व्यवस्था करो पुत्र! तुम्हारे छोटे भाई भूखे हैं।"

"कुलपति ने कहा है कि वे फल और दूध भिजवा रहे हैं।"

"उनकी कृपा है पुत्र!"

सन्ध्या तक उनके दो कुटीर बन कर तैयार हो गये थे। उनमें से एक आकार में दूसरे से पर्याप्त बड़ा था और वह पाँचों भाइयों के लिए था। दूसरा कुटीर छोटा था और वह कुन्ती और हिडिम्बा के लिए था। हिडिम्बा ने प्रातः से अब तक अनथक श्रम किया था। कुटीर बनाने जैसे कार्य में वह प्रवीण प्रतीत होती थी। न उसे शाखा तोड़ने में कोई असुविधा थी, न लकड़ी फाड़ने में; न वह वृक्ष पर चढ़ने में संकोच करती थी, न कूद कर नीचे आने में उसे कोई कठिनाई थी। वह वन के स्वच्छन्द जीव के समान, सहज स्वाभाविक रूप में जैसे अपने दैनंदिन के कार्य कर रही थी। आरम्भ में उसने एक-आध

बार हिडिम्ब को राक्षसों का राजा और इस क्षेत्र का स्वामी अवश्य कहा था; किन्तु थोड़ी ही देर में जैसे वह एकदम ही भूल गयी थी कि वह इस प्रकार हिडिम्बवन के स्वामी अथवा राजा की बहन है। कुन्ती तथा उसके पाँचों पुत्रों की वह इस प्रकार सेवा कर रही थी, जैसे या तो वह उनकी दासी हो अथवा वे उसके अत्यन्त आत्मीय तथा चिरप्रतीक्षित अतिथि हों, जो एक लम्बे अन्तराल के पश्चात्, आज उसके घर आये हों। कदाचित् वह अपनी सेवा से ही उनका मन जीत लेना चाहती थी।

रात के भोजन के पश्चात् कुन्ती तथा हिडिम्बा छोटे कुटीर में चली गयीं। पाँचों भाई बड़े कुटीर में सोने की व्यवस्था करने लगे तो अर्जुन बोला, "यह आश्रम सघन वन के मध्य है। और वन भी कैसा! हिडिम्बवन से अधिक दूर नहीं है। हिडिम्ब को तो मध्यम ने मार दिया है; किन्तु यह आवश्यक तो नहीं कि वन में एक ही हिडिम्ब हो। यहाँ और भी अनेक राक्षस हो सकते हैं। यदि हम सब इस प्रकार सो गये और रात को राक्षसों, हिंस्र पशुओं अथवा दुर्योधन के मित्रों में से किसी ने हम पर आक्रमण किया, तो हमारी सुरक्षा की क्या व्यवस्था होगी?"

"मैं हूँ न!" भीम बोला, कल रात भी तो तुम लोग सोए हुए थे; तो क्या कर लिया हिडिम्ब ने?"

"हाँ! कल तो तुम जाग रहे थे; किन्तु कब तक जागोगे?" अर्जुन बोला, "तुम्हें भी तो नींद आयेगी ही; और जब आयेगी तो हमारी नींद की तुलना में वह अधिक प्रगाढ़ होगी।"

"तो?" युधिष्ठिर ने पूछा।

"हमें अपने शस्त्र वारणावत में नहीं छोड़ने चाहिए थे।" नकुल बोला, "बिना शस्त्र के तो केवल मल्ल-विद्या ही काम आ सकती है; और वह भी निःशस्त्र शत्रुओं के सम्मुख!"

"हमें शस्त्रों की आवश्यकता है और निकट भविष्य में भी रहेगी।" सहदेव बोला, "किन्तु ज्येष्ठ का तर्क एकदम ठीक है कि

वारणावत में लाक्षागृह के जल जाने के पश्चात् हमारे शव तो मिलते, किन्तु शस्त्र न मिलते तो दुर्योधन को यह विश्वास कैसे होता कि वे शव हमारे ही हैं!"

"दुर्योधन को अपनी मृत्यु का विश्वास दिलाना जितना आवश्यक था, उतना ही आवश्यक अपनी सुरक्षा का प्रबन्ध भी है।" नकुल बोला, "हमने दुर्योधन को तो यह विश्वास दिला दिया कि हमारी मृत्यु हो गयी है; फिर वारणावत में न मरे और यहाँ मर गये तो? दुर्योधन की इच्छा तो हमारे वध की है—वध वारणावत में हो या शालिहोत्र आश्रम में—इससे उसे कोई अन्तर नहीं पड़ता। अपनी रक्षा के लिए शस्त्र तो हमें रखने ही चाहिए थे।"

"अरे तुम्हारा शस्त्र मैं हूँ न!" भीम हँसा, "नकुल! तुम तो इतने भीरु कभी नहीं थे!"

"मध्यम!" अर्जुन ने नकुल के कुछ कहने से पहले ही कहा, "प्रश्न नकुल के भीरु होने का नहीं है। न ही मैं यह विवाद चलाना चाहता हूँ कि हमें शस्त्र लाने चाहिए थे या नहीं। हमें अब यह तथ्य स्वीकार कर लेना चाहिए कि हमारे पास इस समय शस्त्र नहीं हैं। यह प्रश्न करते ही हमारे पहचाने जाने का जोखम बढ़ जाता है। मध्यम के बल का हम भरोसा कर सकते हैं, यह भी ठीक है; किन्तु क्या अकेले मध्यम के बल का भरोसा कर हमें अपनी सुरक्षा का सारा भार उनको सौंप देना चाहिए—स्वयं निष्क्रिय होकर शान्ति से बैठ जाना चाहिए?"

"तुम ठीक कह रहे हो अर्जुन!" युधिष्ठिर बोला, "किन्तु हमें यह भी जानने का प्रयत्न करना चाहिए कि आश्रम में जो अन्य लोग रहते हैं, उनकी सुरक्षा का क्या सम्बध है? क्या वे स्वयं को असुरक्षित अनुभव करते हैं? क्या आश्रमवासियों की हत्याओं की घटनाएँ होती रहती हैं?"

"अरे मैं जो कह रहा हूँ कि मैं हूँ यहाँ!" भीम पुनः बोला, "मुझ पर भरोसा नहीं है, तुम लोगों को? मैं इस वन के सारे राक्षसों को

अकेला ही मार सकता हूँ।"

"मध्यम! आप ठीक कह रहे हैं।" सहदेव हँसा, "किन्तु जिस समय आप इस वन के सारे राक्षसों को एकत्रित कर, किसी एक कोने में, एक-एक कर उन्हें मार रहे होंगे, उसी समय कोई सिंह सालकटंकटी को उठा कर ले गया तो आप राक्षसों को छोड़ेंगे या सालकटंकटी को?"

सबने मिल कर एक ठहाका लगाया और भीम ने खिसियाए-से स्वर में कहा, "सहदेव! तू पिटेगा।"

युधिष्ठिर ने पहचाना कि यह कहते हुए भी भीम के चेहरे पर खीझ कम थी, रीझ अधिक।...

बाहर कई लोगों की पदचाप सुनायी दी।...

वे चौकन्ने हो गये। भीम जैसे अपना दायित्व समझ कर सबसे पहले उठकर खड़ा हो गया।...युधिष्ठिर सोच रहा था : कहीं माँ तो नहीं आयीं?...किन्तु माँ तो वहीं से पुकार सकती थीं; और पदचाप भी अनेक लोगों की थी।...

आगन्तुक, कुटीर के द्वार पर आ गये। तब युधिष्ठिर ने देखा : वे तो स्वयं मुनि शालिहोत्र थे। उनके साथ उनके कुछ शिष्य भी थे।

"पधारिए मुनिवर!" युधिष्ठिर ने उठ कर उनका स्वागत किया।

अन्य चारों भाई भी मुनि के सम्मान में उठ खड़े हुए।

"मैं यह देखने आया था कि आप लोग किसी असुविधा का अनुभव तो नहीं कर रहे?"

"असुविधा तो कोई नहीं है आर्य!" युधिष्ठिर बोला, "किन्तु एक जिज्ञासा है। यदि आप अन्यथा न मानें, तो कृपा कर थोड़ी देर हमें वार्तालाप-लाभ प्रदान करें।"

मुनि बिना कुछ कहे, एक आसन पर बैठ गये। उन्होंने अपने शिष्य को भी बैठने का संकेत किया।

"आर्य कुलपति!" युधिष्ठिर अत्यन्त शान्त स्वर में बोला, "इस

वन में जहाँ हिंस्र पशु भी रहते हैं और नर-भक्षी हिंस्र राक्षस भी—आपने अपनी तथा अपने आश्रमवासी शिष्यों की सुरक्षा का क्या प्रबंध किया है?"

मुनि शालिहोत्र मधुर भाव से मुस्कराए, "मेरे मन में एक क्षीण-सा विचार था कि शायद आप लोगों को यह समस्या विचलित कर रही हो।"

युधिष्ठिर ने कुछ नहीं कहा। वह मुनि के आगे बोलने की प्रतीक्षा करता रहा।

मुनि थोड़ी देर तक आँखें झुकाए जैसे भूमि को देखते रहे। उन्होंने जब अपना चेहरा ऊपर उठाया तो उस पर शान्ति ही नहीं, एक दिव्य मुस्कान थी, "यदि मैं कहूँ कि हमने अपनी सुरक्षा का कोई उपाय नहीं किया है, तो आप भयभीत तो नहीं हो जायेंगे?"

"भयभीत तो हम नहीं होंगे; किन्तु हम जानना चाहेंगे कि आश्रम की रक्षा कैसे होती है?"

मुनि ने युधिष्ठिर को देखा, "यह कुटीर किसने बनाया?"

"हमने!"

"क्यों बनाया?"

"क्योंकि यह हमारे लिए उपयोगी है!"

"यदि कोई इसे नष्ट करने का प्रयत्न करेगा, तो इसकी रक्षा कौन करेगा?"

"हम करेंगे।"

"तुम इसकी रक्षा कब तक करोगे वत्स?"

"जब तक हमें इसमें रहना है। जब तक यह हमारे लिए उपयोगी है।"

मुनि ने पुनः युधिष्ठिर को देखा, "तुम्हें अपने प्रश्न का उत्तर मिला या नहीं वत्स?" मुनि ने युधिष्ठिर के उत्तर की प्रतीक्षा नहीं की। उनकी आँखें मुँद गयीं। वे आत्मलीन हो गये। इस बार वे बोले तो उनकी वाणी में अद्‌भुत संगीत था, "हमें प्रभु ने बनाया है वत्स!

इसलिए बनाया है, क्योंकि हम उसके लिए उपयोगी हैं। जब तक उसके लिए हमारा कोई उपयोग है, वह हमारी रक्षा करेगा; और जिस दिन हमारा कोई उपयोग नहीं रह जायेगा, उस दिन हमारी रक्षा कोई नहीं कर पायेगा...।"

युधिष्ठिर चकित-सा मुख खोले, अवाक्, मुनि को देखता रह गया। उसने मुनि से इस प्रकार के उत्तर की अपेक्षा नहीं की थी। ...रक्षा से उसका कदापि यह अभिप्राय नहीं था। वह क्षत्रिय राजकुमार था। उसने आज तक युद्ध-कला और शस्त्रविद्या की ही शिक्षा ली थी। वह तो रक्षा और प्रहार के ही तर्क जानता था...

"आपका तात्पर्य यह है," युधिष्ठिर के कुछ कहने से पूर्व ही भीम कुछ तीव्र स्वर में बोला, "कि यदि कोई खड्ग लेकर मेरा वध करने आये, तो मैं चुपचाप बैठा, यह जानने की प्रतीक्षा करता रहूँ कि प्रभु के लिए मेरी उपयोगिता है या नहीं? वह मेरी रक्षा करेगा या नहीं?"

"मध्यम!" युधिष्ठिर ने जैसे उसे चेतावनी दी।

"उसे तर्क से क्यों रोकते हो वत्स! जो तुम्हारे मन में आया, वह तुमने पूछा; अब जो उसके मन में आया है, उसे पूछने दो।" मुनि भीम की ओर मुड़े, "मैंने जो कुछ कहा था, अपनी रक्षा के विषय में कहा था वत्स! तुम्हारी रक्षा के लिए नहीं! जब तक तुम यह मानते हो कि अपनी रक्षा के लिए तुम स्वयं उत्तरदायी हो, तब तक तुम अपनी रक्षा स्वयं ही करो।"

"किन्तु आर्य कुलपति! ईश्वर ने प्रत्येक जीव को अपने जीवन की रक्षा की इच्छा दी है; और उसे विभिन्न प्रकार के साधन दिये हैं।" अर्जुन बोला, "तो क्या आत्मरक्षा की भावना, ईश्वर की इच्छा के विरुद्ध है?"

"और क्षत्रिय को तो शस्त्र-व्यवसायी ही बनाया गया है : यही उसका धर्म माना गया है।" युधिष्ठिर ने कहा, "जब क्षत्रिय शस्त्र धारण करता है, तो क्या वह ईश्वर की इच्छा का विरोध करता है?"

मुनि शालिहोत्र मुस्कराए, "नहीं! न तो कोई धर्म का विरोध कर रहा है, न ईश्वर की इच्छा का। जिन लोगों की चर्चा तुमने की है, वे सब अपने धर्म का ही निर्वाह कर रहे हैं। इसलिए मैंने तुम्हारे मध्यम से कहा था, कि अपनी रक्षा तुम स्वयं करो।"

"किन्तु मुनिवर! प्रभु का नियम तो एक ही होगा। ऐसा तो नहीं हो सकता कि जो मेरे लिए धर्म है, वह आपके लिए धर्म न हो।" सहदेव बोला, "क्या धर्म भी अनेक होंगे?"

"तुमने उचित प्रश्न किया है पुत्र!" मुनि बोले, "धर्म तो एक ही है, किन्तु अवस्था का अन्तर होता है।"

"वह कैसे?"

"एक पिता अपने शिशु को अनेक खिलौने खरीद कर देता है; किन्तु जब पिता यह कहता है कि वह अपने उन खिलौनों में से एक-आध खिलौना, किसी अन्य बालक को दे दे, तो उस शिशु की प्रतिक्रिया क्या होगी?" मुनि ने पूछा।

"सामान्यतः तो शिशु अपना खिलौना किसी को नहीं देगा।" भीम ने कहा।

"क्यों?"

"बालक को खिलौने से मोह होता है। वह उनको किसी और के साथ बाँट नहीं सकता।"

"किन्तु वह खिलौना तो उसके पिता ने ही ले कर दिया था...।"

"हाँ! किन्तु..."

"और पिता चाहेगा तो उसे और खिलौना भी ले देगा।..."

"हाँ! किन्तु वह बालक इस बात को समझता नहीं है।"

"और पिता की इच्छा होगी तो वह बालक की इच्छा के विरुद्ध भी उसके खिलौने छीन लेगा।"

"हाँ! किन्तु वह बालक इस बात को समझता नहीं है।"

"ठीक है!" मुनि सहज भाव से मुस्कराए, "अब उस बालक की कल्पना करो, जो इस बात को समझता है कि उसका पिता समर्थ

है; और वह अपनी इच्छा से ही बालक को वह सब कुछ देगा, जिसकी बालक को आवश्यकता है। वह बालक अपने पिता पर कभी अविश्वास नहीं करता। उसकी इच्छा का कभी विरोध नहीं करता। पिता की आँख बचा कर, उसके धन से कभी खिलौने क्रय करने नहीं जाता।...वैसे ही हम सब मनुष्य भी हैं पुत्र! जिसकी समझ में आ जाता है कि प्रभु हमारा पिता है—हम उससे न पृथक् हैं, न उसकी इच्छा और प्रेम से बाहर, वह अपनी समस्त इच्छाओं और आवश्यकताओं को उसके अधीन कर देता है। यह जीवन भी उसी का दिया हुआ खिलौना है। उसकी इच्छा से ही हमारे पास है; और उसकी इच्छा न रहने पर यह हमारे पास नहीं रहेगा।...और फिर एक बात और भी है पुत्र!" मुनि ने रुक कर उनकी ओर देखा, "बालक जब इतना बड़ा हो जाता है कि वह खिलौने की निरर्थकता समझ जाता है, तो उसका मोहभंग हो जाता है। वह पिता से कुछ माँगता नहीं, बस उसके निकट रहना चाहता है। उसके प्रेम को पाना चाहता है—भाव के ही रूप में, पदार्थ के रूप में नहीं! तो पिता की इच्छा जान कर, वह उस खिलौने को किसी को भी दे सकता है; और जब तक वह उसे अपने पास रखता है, अपने पिता की धरोहर मान कर ही रखता है।"

"किन्तु क्या मानव-समाज इस प्रकार के व्यवहार से चल सकता है?" युधिष्ठिर ने पूछा।

"मैं मनुष्य के बनाये हुए समाज के व्यवहार की बात नहीं कर रहा, मैं ईश्वर की बनायी हुई सृष्टि की चर्चा कर रहा हूँ। मनुष्य अपने समाज के लिए स्वयं नियम बनाता है, और उन्हीं पर चलता है। उसे ईश्वर के नियमों की चिन्ता नहीं होती। जो ईश्वर के बनाये हुए नियमों पर चलता है, वह न मानव-समाज के नियमों की चिन्ता करता है, न उसके व्यवहार की।"

"आप सर्वथा सत्य कह रहे हैं मुनिवर!" युधिष्ठिर पुनः बोला, "किन्तु जीवन की सारी पद्धतियों में जो सर्वश्रेष्ठ है, वह सब के लिए प्रचारित होनी चाहिए। इसलिए मैं जानना चाहता हूँ कि इस प्रकार

जीवन-यापन करना आपके लिए सम्भव कैसे है?"

शालिहोत्र थोड़ी देर मौन रहे, जैसे विचार कर रहे हों; फिर बोले, "पुत्र! सारी सृष्टि तीन गुणों–सत्, रज तथा तम–पर चल रही है। इसमें प्रत्येक गुण जीव के पिण्ड में भी है और ब्रह्माण्ड में भी। हमारे भीतर के गुण ही बाह्य सृष्टि में से अपने समतुल्य गुणों को आकृष्ट करते हैं। यदि हम अपने भीतर से रजोगुण तथा तमोगुण सर्वथा समाप्त कर दें, तो बाह्य सृष्टि के ये गुण हमारी ओर आकृष्ट नहीं होते, न हम पर प्रभाव डालने की बात सोचते हैं। यदि मेरे मन में से रजोगुण और तमोगुण सर्वथा निकल जायें तो वन के हिंस्र पशुओं तथा नरभक्षी राक्षसों के मन में भी मुझ पर आक्रमण करने का विचार नहीं आयेगा; और यदि आयेगा तो वे मुझ पर आक्रमण करने का साहस नहीं कर पायेंगे। यह ईश्वरीय नियम है पुत्र!"

"मैं कैसे मानूँ कि आप जो कह रहे हैं, वह सत्य है?" भीम के स्वर में उद्दण्डता नहीं थी; किन्तु स्पष्टवादिता का खुरदुरापन अवश्य था, "यदि मैं किसी हिंस्र जन्तु के सम्मुख यह मान कर खड़ा हो जाऊँ कि मेरे मन में उसके प्रति विरोध नहीं है, इसलिए वह मुझ पर आक्रमण नहीं करेगा; और वह मुझ पर आक्रमण कर दे, तो मैं व्यर्थ ही मारा जाऊँगा।..."

"मुनिवर!"...युधिष्ठिर ने कुछ कहना चाहा।

शालिहोत्र मुनि ने उसे रोक दिया, "तुम चिन्ता मत करो वत्स! मुझे तुम्हारे भाई की यह स्पष्ट सीधी जिज्ञासा तनिक भी कष्टकर नहीं लगी है। मैं तो प्रसन्न हूँ कि यह नवयुवक सत्य बोलने का साहस कर सका।" वे भीम की ओर मुड़े, "मेरी दो बातें स्मरण रखो पुत्र! और उनपर विश्वास भी करो। पहली यह कि ईश्वरीय नियमों का जब तक स्वयं अनुभव न करो, दूसरे व्यक्ति के कहने मात्र से उसका विश्वास मत करो। दूसरी यह कि, यदि तुम वस्तुतः जल में स्थित हो, तब ही तैरने के लिए हाथ-पैर मारो। यदि हवा में स्थित रह कर तैरने की मुद्राएँ बनाओगे तो व्यर्थ ही अपना नाक-मुँह तुड़वा बैठोगे।...जब तक तुम्हारी

स्थिति यह है कि 'देखूँ, सिंह मुझ पर आक्रमण करता है या नहीं; और यदि उसने आक्रमण कर दिया तो मैं व्यर्थ ही मारा जाऊँगा,' तब तक तो तुम सिंह से अपनी रक्षा के लिए खड्ग बाँध कर ही चलो। किन्तु यदि तुम्हारे मन की स्थिति यह हो जाती है कि 'सिंह और मैं एक ही प्रभु के जीव हैं, अथवा एक ही परमपिता की सन्तान हैं, इसलिए सिंह का मुझ पर आक्रमण करने का प्रश्न ही नहीं उठता। यदि उसने आक्रमण कर ही दिया तो वह प्रभु की ही इच्छा से है। यदि प्रभु यह चाहते हैं कि मेरा मांस खा कर ही सिंह के प्राणों की रक्षा हो, तो मेरे मांस की सार्थकता ही इसमें है कि वह प्रभु की इच्छा पूरी करे। अतः मैं सहर्ष अपना मांस सिंह को सौंप दूँगा।'...तो ही तुम स्वयं अपनी रक्षा का विचार त्याग कर, ईश्वर पर निर्भर हो, निर्भीक भाव से सिंहों के मध्य विचरण करो।" और मुनि उठ खड़े हुए, "अच्छा पुत्र! मेरे आश्रम में तुम किसी प्रकार की चिन्ता मत करो। तुम यहाँ सर्वथा सुरक्षित हो। निश्चिन्त होकर सो जाओ।..."

मुनि ने आशीर्वाद की मुद्रा में हाथ उठाया; और कुटीर से बाहर चले गये।

3

प्रातः जब भीम ने पूजा-उपासना कर ली और आहार कर, मांगलिक वेश धारण कर लिया तो कुन्ती ने कहा, "पुत्र! सालकटंकटी ने मेरी पर्याप्त सेवा की है। मैं उससे प्रसन्न हूँ। वह विशुद्ध प्रकृति-पुत्री, सरल और अबोध है। उसके मन में किसी प्रकार का छल-कपट नहीं है। मैंने उसे तुमसे सम्बद्ध इच्छा-पूर्ति का वरदान दिया है।' इसलिए इसे मेरा आदेश ही समझो। हमें अभी कुछ दिन यहाँ रहना है इसलिए तुम सालकटंकटी की काम-तृप्ति के लिए, सन्तान-प्राप्ति तक उसके साथ विहार करो।" कुन्ती ने रुककर भीम को निहारा, "उसकी इच्छानुसार, तुम इसे अपना राक्षस-विवाह ही समझना। तुम्हें उसके साथ आजीवन नहीं रहना है; न ही यहाँ से चलते हुए वह हमारे साथ जायेगी। उसने कुरुकुल की पुत्रवधू होने की इच्छा नहीं की है, न वह उसकी कल्पना ही कर सकती है। उसने केवल तुम्हारा कामाह्वान किया है।...उसमें इतने अनुरक्त मत होना कि उससे विलग होते हुए, तुम्हें कष्ट हो। उनके समाज में याचना धर्म-पत्नी की अवधारणा ही नहीं है, इसलिए वह केवल काम-संगिनी बनने की ही याचना कर सकी है।..." कुन्ती जैसे क्षण-भर के लिए अटकी, "यदि वह सन्तान की कामना करती, तो मैं इसे एक प्रकार का नियोग ही मानती; किन्तु उसकी अनुरक्ति सन्तान में नहीं; तुममें है। अतः यह नियोग न होकर अस्थायी पतित्व मात्र है।"

"मैं समझता हूँ माँ!" भीम बोला, "तुम्हारी इच्छा के विपरीत कुछ नहीं होगा।"

"और पुत्र!" कुन्ती पुनः बोली, "उसने मेरी बहुत सेवा की है। उसका मन किसी भी प्रकार मत दुखाना।"

"अच्छा माँ! अच्छा।" भीम हँस कर बोला, "लगता है, तुम उस पर रीझ गयी हो।"

भीम कुटीर से बाहर निकला तो उसने हिडिम्बा को अपनी प्रतीक्षा में खड़ा पाया। वह उसकी ओर देख कर मुस्करायी—एक निरावृत्त और उन्मुक्त मुस्कान। भीम को लगा, मुस्कराने पर उसका नारी-सुलभ आकर्षण और भी बढ़ जाता है।...और इस समय तो वह अपनी ओर से पूर्ण शृंगार करके आयी थी। प्रातः उसने स्नान भी किया था और केश-विन्यास भी। आज सारा प्रसाधन चेहरे को विकराल बनाने के लिए नहीं, मधुर बनाने के लिए किया गया लगता था। सम्भव है कि माँ ने उसे किसी प्रकार का सहयोग भी दिया हो। उसके पास सूती वस्त्र नहीं थे, किन्तु उसका मृग-चर्म रक्त से सना हुआ और दुर्गंध-युक्त नहीं था। पुष्पों के शृंगारगार ने उसे नर-मांस का भक्षण करने वाली राक्षसी के स्थान पर किसी आश्रम की कन्या बना दिया था। किन्तु, एक तो उसका आकार, मुनि-कन्याओं की अपेक्षा, पर्याप्त दीर्घ था, और दूसरे उसके चेहरे पर सलज्ज संकोच के स्थान पर पर्याप्त खुला निमन्त्रण था।...'निमन्त्रण' शब्द भीम के मन में खटका। उसके चेहरे पर पुरुष को लुब्ध करने वाला नारी-सुलभ निमन्त्रण कम, पुरुष का भोग-भाव ही अधिक था।

भीम की समझ में नहीं आया कि वार्तालाप कैसे आरम्भ करे...वह अभी तक अपने मन के द्वन्द्वों से भी उबर नहीं पाया था। उसके भीतर का शुद्ध पुरुष इस संयोग को अपने लिए भोग-सुख का एक अतिरिक्त अवसर मान कर किसी-किसी क्षण किलक लेता था; किन्तु उसका मन अभी तक इसे न तो स्वच्छ और निर्दोष भोग मान

पाया था और न ही इसे अपना प्राप्य ही मान पाया था। बीच-बीच में उसके मन में यह भाव भी उभर आता था कि वह मनुष्य के स्थान पर कोई पदार्थ हो गया है। उस पदार्थ की कामना, इस सालकटंकटी ने की है; और उसे प्रसन्न करने के लिए वह उसे सौंपा गया है...

हिडिम्बा ने आगे बढ़ कर मुखर उत्तप्त भाव से उसकी भुजा थाम ली, "आओ, चलें!"

भीम के मन में तत्काल प्रतिक्रिया हुई, यह सर्वथा पाशविक कामुकता थी, यह मानवीय शृंगार-भाव नहीं था; और प्रेम तो यह किसी भी प्रकार था ही नहीं।...

भीम ने अपना हाथ छुड़ा लिया।

हिडिम्बा हतप्रभ रह गयी, "क्या हुआ?"

"यह तपोभूमि है। यहाँ लोग कामनाओं से रहित होकर आते हैं, या कामनाओं से मुक्ति पाने के लिए आते हैं। हमें तपस्या का सम्मान करना चाहिए। इस स्थान को अपनी वासना की भूमि नहीं बनाना चाहिए।"

हिडिम्बा कुछ भी नहीं समझी।

भीम चल पड़ा तो वह भी उसके पीछे हो ली।

आश्रम की सीमा पार कर, वे सघन वन में आ गये, तो भीम रुका। हिडिम्बा उसके निकट आ गयी।

"आश्रम में तुमने क्या कहा था?" हिडिम्बा उसके गले में लगभग झूल ही गयी।

भीम का ध्यान उस ओर गया। अब वह उसे 'आर्य' अथवा 'आप' न कह कर, 'तुम' कह रही थी; और किसी भी प्रकार उससे दूर नहीं रह सकती थी।

भीम ने उसे अपनी भुजाओं में थामा तो उसे लगा कि उसका रक्त भी उत्तप्त हो रहा है; और शरीर जलने लगा है। उसके मन के द्वन्द्व कहीं सो गये थे और काम का वेग अन्य किसी विचार को

निकट नहीं आने दे रहा था।...उसकी भुजाएँ कसती गयीं और उसका आलिंगन प्रगाढ़ होता गया।

"तुम इतने शक्तिशाली हो!" हिडिम्बा बोली, "मैंने सदा तुम जैसे शक्तिशाली पति की ही कल्पना की थी। उस रात तुम्हें देखते ही मैं समझ गयी थी कि तुम मेरे लिए ही आये हो।"

"तुमको इतना कुछ मालूम था तो तुम इतने सघन वन में छिपी मेरी प्रतीक्षा क्यों करती रहीं? मुझे खोजने के लिए नगर में क्यों नहीं आ गयीं?" भीम स्वयं ही अपने प्रश्न पर खिलखिला कर हँस पड़ा।

उसे हँसते देख कर हिडिम्बा भी अट्टहास कर हँसी और अपना प्रेम उँड़ेलते हुए उसके वक्ष पर बलपूर्वक घूँसे मारती हुई बोली, "तुम बहुत दुष्ट हो। ऐसी बातें कहते हो, जिनका अर्थ मैं समझ नहीं पाती।"

भीम ने अनुभव किया कि उसकी हथेलियाँ भारी थीं और घूँसे प्रहारक थे। किसी साधारण पुरुष से वह इस प्रकार अपना प्रेम जताती तो उसकी हड्डियाँ तोड़ कर रख देती।

भीम ने उसकी कलाइयाँ थाम लीं और बोला, "समझा तो तुम्हें मैं दूँगा; किन्तु पहले मैं तो तुम्हें समझ लूँ।"

"छोड़ो मेरी कलाई!" हिडिम्बा बोली, "तुम तो मेरी हड्डियाँ ही मरोड़ दोगे।"

"और तुम तो फूल बरसा रही थीं न!" भीम बोला, "नहीं छोडूँगा। देखता हूँ, हिडिम्बवन की रानी अपने-आप को कैसे छुड़ाती है!"

"छोड़ो!"

"नहीं!"

"काट खाऊँगी!"

"यह तो भयंकर जोखिम है। कहीं तुम्हें मेरा रक्त स्वादिष्ट लगा तो सारा का सारा पी जाओगी। और यदि मांस भी सरस लगा तो

बोटी-बोटी कर खा जाओगी।" भीम बोला, "अच्छा बताओ, कच्चा खाओगी या भून कर?"

"छिः! कैसी बातें करते हो!" हिडिम्बा के चेहरे का भाव एकदम बदल गया, "कहीं अपने प्रिय को भी कोई खाता है! खाने को तो किसी का भी मांस मिल जायेगा; किन्तु अलौकिक सुख देने वाला तुम जैसा प्रिय कहाँ मिलेगा?" उसके चेहरे पर जैसे उसकी आहत भावना पुत गयी, "तुम बहुत दुष्ट हो। बहुत ही दुष्ट।"

उसकी कलाइयाँ भीम की मुट्ठियों में थीं, इसलिए वह उस पर घूँसे नहीं बरसा सकती थी; वैसे भी वह अब उस आक्रामक मुद्रा में नहीं थी। उसका शरीर ढीला पड़ गया था और उसकी आँखों में अश्रु आ गये थे।

भीम को पहली बार लगा कि वह उसपर रीझ रहा है। उसने उसकी कलाइयाँ छोड़ दीं और सारी-की-सारी को अपनी भुजाओं में भर लिया।...

अगले दिन हिडिम्बा भीम को एकदम नये ही स्थान पर ले गयी।

"यह स्थान तो बहुत ही मनोरम है!" भीम ने कहा, "मैं कल्पना भी नहीं कर सकता था कि इस बीहड़ वन के भीतर प्रकृति का इतना सुन्दर रूप छिपा हुआ है।"

"भैंने तो तुमसे कहा था कि मैं तुम्हें सृष्टि का सौन्दर्य और सुख—दोनों ही दूँगी।" हिडिम्बा बोली, "क्या ऐसा सरोवर तुम अपने नगर में बनवा सकते हो? ऐसे कमल खिला सकते हो? वृक्षों की ऐसी छाया का प्रबन्ध तुम अपने नगर में कर सकते हो? इस प्रपात तथा इन कंदराओं का निर्माण करवा सकते हो?..."

"नहीं!" भीम बोला, "प्रकृति के निर्माण की समकक्षता मनुष्य नहीं कर सकता। मनुष्य तो प्रकृति का अनुकरण करता है।"

"तो फिर व्यर्थ ही नगरों का निर्माण क्यों करते हो?" हिडिम्बा

इठला कर बोली, "छोड़ो उन सबको। भूल जाओ नगरों और उनके भवनों को। हम यहीं रहेंगे, आजीवन! मैं तुम्हें इससे भी सुन्दर स्थानों पर ले चलूँगी। उन पर्वतों पर ले चलूँगी, जहाँ हम साथ-साथ खड़े भी हों तो मेघों में ऐसे छिप जायेंगे कि एक-दूसरे को देख भी नहीं पायेंगे।"

भीम ने ध्यान से हिडिम्बा को देखा : उसकी कठोरता और क्रूरता क्रमशः क्षीण होती गयी थी और उसका शुद्ध नारी-रूप उभर आया था—पुरुष पर रीझने वाला और पुरुष को रिझाने वाला।...और अब तो शायद उसे अपना अस्थायी पतित्व वाला राक्षस-विवाह खटकने लगा था। वह भीम के साथ अपने जीवन का स्थायित्व ढूँढ़ने लगी थी। उसे शायद उस क्षण की कल्पना का भय लगने लगा था, जब भीम चला जाएगा और वह फिर से अकेली रह जाएगी।...भीम को लगा कि उसके मन में भी एक भय उत्पन्न हो रहा है...कहीं वह सालकटंकटी के मोह में उससे पृथक् होने से न डरने लगे।...

"यदि हम यहाँ रहेंगे, तो हम यहाँ भी नगर बसा लेंगे।" भीम बोला, "हम तुम्हारे समान दिनभर पेड़ पर टँगे-टँगे प्रकृति का रूप नहीं निहार पायेंगे; और न ही रात भर किसी शाखा से चिपके, आखेट के लिए किसी पशु अथवा मनुष्य के आने की प्रतीक्षा कर सकेंगे।"

"यहाँ नगर कैसे बसा लोगे?" हिडिम्बा ने चकित होकर पूछा, "वन में नगर कैसे आ सकता है?"

"तू तो पगली है!" भीम ने उसकी पीठ पर एक धौल जमायी, "नगर क्या कहीं से चल कर आता है। नगर तो जन्म लेता है। फिर उसका प्रसार होता है। फलता-फूलता है, तो और लोग भी आजीविका, समृद्धि और सुरक्षा की खोज में वहाँ आ जाते हैं।..."

"मेरी समझ में यह सब नहीं आता," हिडिम्बा बोली, "मुझे तो यह बताओ कि तुम लोग यहाँ रहोगे तो नगर कैसे बसा लोगे? हम भी तो वर्षों से यहाँ रह रहे हैं, हमने तो नगर नहीं बसाया!"

भीम के मन की पहली प्रतिक्रिया थी कि उसने व्यर्थ ही इसके सामने ऐसी बात कह दी। अब इस मूर्ख से कौन सिर मारे...किन्तु दूसरे ही क्षण उसके अपने मन ने कल्पना का ताना-बाना बुनना आरम्भ कर दिया...यदि वे लोग यहीं रह जाने का निर्णय कर लें तो? ...उन्हें हस्तिनापुर जाने की आवश्यकता ही क्या है...और अनायास ही जैसे वह अपने नगर-निर्माण की योजना हिडिम्बा को सुनाने लगा, "हम यहाँ रहेंगे तो वृक्षों के फल खाकर तथा आखेट कर पशुओं के मांस पर ही निर्भर नहीं रहेंगे। हम अपने लिए स्वयं अन्न उत्पन्न करेंगे। अन्न उत्पन्न करने के लिए खेत बनायेंगे। उसके लिए वन के वृक्ष काटेंगे। खेती के उपकरणों के निर्माण के लिए हमें बढ़ई और लोहार की आवश्यकता पड़ेगी। इसके लिए बढ़इयों और लोहारों के कुछ परिवार यहाँ बसाए जायेंगे।..."

"लोहार और बढ़ई क्या?" हिडिम्बा ने पूछा।

भीम अटक गया...इसको नगर-निर्माण की प्रक्रिया सुविधा से नहीं समझायी जा सकती। इसका ज्ञान तो वन में अपनी आँखों देखी वस्तुओं तक ही सीमित है। इस मूर्खा को वह किस-किस वस्तु के विषय में समझाता रहेगा?...

"चलो, रहने दो।" भीम बोला, "हम नगर ही नहीं बसाते। इस समय या तो सरोवर में तैरते हैं, या पुष्प चुन कर माला गूँथते हैं, या फिर तितलियाँ पकड़ते हैं।"

"नहीं! मुझे नगर-निर्माण के विषय में बताओ।" हिडिम्बा ने पैर पटका, "मुझे प्रिय लगा, तो मैं भी नगर का निर्माण करूँगी।"

"अच्छा! मैं तुम्हें बढ़ई और लोहार के विषय में बता देता हूँ; किन्तु तुम नगर-निर्माण मत करना।" भीम हँस पड़ा, "लकड़ी की विभिन्न वस्तुएँ बनाने वाले को बढ़ई कहते हैं; और लोहार होता है, लोहे को तपा-गला कर, काट-पीट और मोड़ कर, नयी-नयी वस्तुएँ बनाने वाला।"

स्पष्ट था कि हिडिम्बा के मन में वह सब कुछ स्पष्ट नहीं हुआ, जो भीम कह रहा था; किन्तु शायद हिडिम्बा को ज्ञान के इस नये संसार में झाँकना सुखद लग रहा था। वह बोली, "अच्छा! मैं नगर नहीं बसाऊँगी; किन्तु तुम बताओ कि तुम नगर कैसे बसाओगे?"

"कृषि के लिए हमें बैलों की आवश्यकता होगी; इसलिए हम गोशालाएँ बनायेंगे। गोशालाओं के निकट गोपालों की बस्तियाँ बसायेंगे। हम कंदराओं और गुफाओं में नहीं रहेंगे। अपने रहने के लिए भवन बनायेंगे, प्रासाद बनायेंगे। उनके निर्माण के लिए हम वास्तुकारों को बसायेंगे। भवन-निर्माण की सामग्री तैयार करने वाले श्रमिकों की भी हमें आवश्यकता होगी। उनके रहने की भी व्यवस्था करनी होगी। इतने सारे लोग होंगे तो उनकी आवश्यकताओं के लिए हाट भी बनेगा। व्यापारी भी आयेंगे। आने-जाने के लिए मार्ग भी बनेंगे।...यात्रा के लिए रथ और अश्वों की आवश्यकता भी होगी। शिष्य और गुरु भी होंगे; दुष्ट-दलन तथा न्याय-पालन के लिए न्यायाधिकरण भी होंगे और न्यायपाल भी।...अब बताओ, नगर बस जायेगा या नहीं?"

हिडिम्बा फटी आँखों से उसकी ओर देख रही थी, "तुमको इतनी वस्तुओं और इतने लोगों की आवश्यकता क्यों है? तुम हमारे समान शान्ति से क्यों नहीं रह सकते—बिना नगर बसाए?"

"अभी तो मैं वस्त्रों के विषय में बताना ही भूल गया। नागरिकों की, वस्त्रों की आवश्यकता की पूर्ति के लिए बुनकर होंगे। वस्त्रों के नये-नये रूप बनाने के लिए वस्त्र-शिल्पी होंगे। वस्त्रों के व्यापारी होंगे..."

"मैं पूछ रही हूँ कि तुम इन सबके बिना हमारे समान क्यों नहीं रह सकते?"

"हम मनुष्य हैं।" भीम हँसा, "एक दूसरे की सहायता के लिए समाज बनाते हैं। सबकी सुविधा, सम्मान तथा रक्षा के लिए नियम

बनाते हैं। नियमों का पालन करवाते हैं। जीवन को अधिक सुखकर बनाने के लिए, जो ज्ञान अर्जित करते हैं, उसे सुरक्षित रखते हैं, उसका प्रचार-प्रसार करते हैं। हम जीवन का विकास भी करते हैं और प्रसार भी। उसे संकुचित नहीं करते। हम सारे मनुष्यों का ही नहीं, सारे जीवों का जीवन-सम्बन्धी अधिकार स्वीकार करते हैं; और प्रयत्न करते हैं कि जीवन की एक ऐसी पद्धति का विकास करें, जिसमें अधिक-से-अधिक लोग जीवित ही नहीं, स्वतन्त्र तथा सुखी रह सकें; और विनाश करने वाले अधर्मी दुष्टों का दलन किया जा सके...।"

"उसके लिए नगर बसाने की आवश्यकता है?" हिडिम्बा बोली, "तुम हमारे समान क्यों नहीं रह सकते?"

भीम ने हिडिम्बा को देखा : इसे कैसे समझाए? जो ज्ञान और चिन्तन, पीढ़ियों तक श्रम कर, मानव जाति ने अपने विकास के लिए प्राप्त किया है, उससे सर्वथा वंचित रही है यह। अब सहसा इसके सामने उन सिद्धान्तों का कथन कर देने मात्र से ही तो इसकी समझ में सब नहीं आ जायेगा।...

"बताओ न!" हिडिम्बा ने भीम की भुजा पकड़ कर उसे झकझोरा।

"सालकटंकटी!" भीम ने धैर्यपूर्वक उसे देखा, "हम मनुष्य हैं, इसलिए प्रत्येक मनुष्य हमारे लिए सहयोगी है, अतः हमारे प्रेम का पात्र है। जब कोई नया व्यक्ति हमारे सम्पर्क में आता है, हम उसे अपना शत्रु मान, मार डालने के लिए नहीं दौड़ते; न उसे अपने लिए खाद्य-पदार्थ मान, चीर-फाड़ कर खा जाने का प्रयत्न करते हैं। हम उससे सम्पर्क बढ़ा कर, यह जानने का प्रयत्न करते हैं कि उससे हमारा सहयोग का कौन-सा सम्बन्ध स्थापित हो सकता है।" भीम क्षणभर रुका, "मैं यह नहीं कहता कि दो मनुष्य परस्पर शत्रु नहीं हो सकते..." भीम की कल्पना में दुर्योधन खड़ा था, "मनुष्यों में भी कभी-कभी भाई तक एक-दूसरे के शत्रु हो जाते हैं; किन्तु यह

मनुष्यत्व नहीं है। मनुष्यत्व है दूसरों की सेवा करना, ताकि दूसरे हमारे साथ सहयोग कर सकें। एक मनुष्य यदि दूसरे को खा जायेगा, तो उनमें भक्षक और भक्ष्य का ही सम्बन्ध स्थापित हो पायेगा।"

"तुम मुझे उलझा रहे हो।" हिडिम्बा बोली, "मेरी समझ में कुछ नहीं आ रहा।"

भीम ने अपने मस्तिष्क को झकझोरा : कैसे समझाए वह इस मूर्खा को?...

"अच्छा, यह बताओ।" भीम कुछ सोच कर बोला, "जब तुम अपने भाई हिडिम्ब के साथ रह रही थीं, तो भूख लगने पर क्या वह तुम्हारे लिए भोजन का प्रबन्ध करता था?"

हिडिम्बा तत्काल कुछ नहीं बोली। भीम ने जैसे उसकी कोई दुखती हुई रग छू दी थी। उसके चेहरे पर थोड़ी देर पहले तक जो उत्सुकता और जिज्ञासा का भाव था, वह विषाद की कालिमा में बदल गया। उसने भीम को भी जैसे ताड़ना की दृष्टि से देखा और बोली, "मुझे अपनी भूख का तो कुछ याद नहीं है। उसे भूख लगती थी तो मुझे आदेश देता था कि मैं उसके लिए भोजन का प्रबन्ध करूँ...।"

"और यदि तुम उसके लिए भोजन का प्रबन्ध न करती तो?"

"प्रबन्ध न करने का तो कोई प्रश्न ही नहीं था। तनिक-सा विलम्ब होने पर भी वह मुझे पीटने लगता था।"

"कल्पना करो कि यदि तुम उसके लिए भोजन न लातीं और उसकी भूख बढ़ जाती, बढ़ती ही जाती, तो वह क्या करता?"

हिडिम्बा चिन्तन की मुद्रा में मौन बैठी रही।

"उसकी भूख पीड़ादायक स्थिति तक बढ़ जाती, तो क्या वह तुम्हें खा जाता?"

हिडिम्बा में तब भी तत्परता नहीं जागी, किन्तु उसने उत्तर दिया, "मैंने कभी उसकी भूख को बढ़ने नहीं दिया। बढ़ने देती तो सम्भव है कि मुझे खा ही जाता।" उसके स्वर में पीड़ा थी।

"वह राक्षस था, इसलिए सम्भवतः ऐसा ही करता।" भीम बोला, "मनुष्य होता तो अपनी आवश्यकता से अधिक अपनी बहन की आवश्यकता को समझता। तुम्हें भूख लगती तो तुम्हारे लिए भोजन की व्यवस्था करता। तुम्हें पहले खिलाता और स्वयं बाद में खाता। यदि कभी ऐसी स्थिति आती कि भूखे ही मरना पड़ता, तो तुम्हें खा जाने के स्थान पर, भूखा मर जाना अधिक उपयुक्त समझता।"

"मनुष्यों और राक्षसों में इतना अन्तर क्यों है?" हिडिम्बा ने किसी अबोध बालिका के समान, अत्यन्त सरल भाव से पूछा।

भीम का मन उसकी सरलता पर जैसे मुग्ध हो उठा। उसे वह एक ऐसी बालिका लगी, जिसका शरीर समय से बहुत पूर्व ही युवावस्था को प्राप्त कर चुका हो।

"इसलिए कि मनुष्य समाज में रहता है और अपने साथ दूसरों के अधिकारों को भी मान्यता देता है।" भीम बोला, "वह अन्य मनुष्यों को अपना भोजन नहीं मानता; उनसे प्रेम करता है। जिनसे वह प्रेम करता है, उनके सुख के लिए, वह स्वयं कष्ट सहने को तत्पर रहता है।"

"और राक्षस?" हिडिम्बा ने पूछा।

"राक्षस या तो समाज में रहता नहीं, या समाज में रह कर भी केवल अपने अस्तित्व से ही प्रेम करता है और अपने स्वार्थ के लिए जीता है। किसी दूसरे व्यक्ति की सुख-सुविधा, आवश्यकता, मान तथा सम्मान, कोई अर्थ नहीं रखता; अन्यथा यह जान कर कि तुमने मुझे पति-भाव से ग्रहण किया है, वह हमारे साथ मैत्री-सम्बन्ध स्थापित कर, यह जानने का प्रयत्न करता कि तुम मेरे साथ सुखी रह पाओगी या नहीं—तुम्हारी, मेरी अथवा भाइयों की हत्या का प्रयत्न नहीं करता।"

हिडिम्बा की दृष्टि जैसे शून्य में विलीन हो गयी। वह अपनी सुन्दरतम कल्पनाओं में खो गयी। थोड़ी देर, वह वैसी ही स्थिर बैठी

रही; और फिर क्रमशः चैतन्य होकर, भीम को निरखती रही। थोड़ी देर में उसने अपना मस्तक, भीम के कंधे के साथ टिका दिया और उसकी भुजा को अपनी हथेली से सहलाती मौन बैठी रही।

भीम भी उसे मुग्ध-चकित देखता रहा। जाने वह क्या सोच रही थी और मन-ही-मन किन परिस्थितियों के मध्य जी रही थी।...

अन्ततः वह स्वयं ही बोली, "क्या यह सब सीखने के लिए तुम्हारे नगर जाना पड़ता है?"

भीम हठात् ही अट्टहास कर उठा, "नहीं! नहीं! यह सब सीखने के लिए मेरे नगर जाना आवश्यक नहीं है।" और तब उसकी समझ में आया कि वह यह सब सीखना चाहती थी; किन्तु मन-ही-मन उसके नगर के द्वार पर शायद भयभीत-सी खड़ी रही थी।

"तुम मेरे नगर जाने से भयभीत हो?"

"मैं किसी भी नगर में नहीं रह सकती।" वह बोली, "कभी सोचती हूँ तो यह सोच कर भयभीत हो जाती हूँ कि कहीं तुम्हारे मोह में मैं तुम्हारे नगर न चली जाऊँ!"

इस बार भीम चुप हो गया। इतना चुप कि हिडिम्बा भी उस मौन को अनदेखा नहीं कर सकी।

"क्या बात है?" उसने भीम का सिर अपनी गोद में रख लिया, "इतने चुप क्यों हो?" उसकी अंगुलियाँ, भीम के केशों से अनवरत खेल रही थीं।

"मैं भी कुछ सोच कर भयभीत हो गया हूँ।"

"तुम और भय!" हिडिम्बा हँसी, "तुम भयभीत हो ही नहीं सकते। तुम वीर हो।"

"वीर से वीर व्यक्ति भी कहीं-न-कहीं अत्यन्त भीत होता है।"

"तुम्हें किस बात का भय है वीर?"

भीम उसे देखता रहा, जैसे सोच रहा हो कि बताए या न बताए...

"बोलो! मुझे बताओ!"

"तुमने पुत्र की कामना की है?"

"हाँ!"

"वह मेरा पुत्र होगा?"

"हाँ!"

"और तुम उसे अपने साथ ले कर किसी वृक्ष पर टँगी, नर-मांस के आखेट का प्रशिक्षण दोगी। मेरा पुत्र वन के एक हिंस्र पशु के समान अपना सारा जीवन वृक्ष पर टँगा हुआ व्यतीत कर देगा। उसके जीवन का एकमात्र लक्ष्य होगा—नर-रक्त पीना और नर-मांस खाना। यही उसकी उपलब्धि होगी?"

हिडिम्बा कुछ नहीं बोली। यह समझ नहीं सकी कि वह क्या कहे। जहाँ तक उसे स्मरण था, उसके पिता यही करते आये थे। उसका भाई भी यही करता रहा था। उनके जीवन की यही उपलब्धि थी; और यही सबसे बड़ा सुख।...

उसने भीम की ओर देखा, जैसे पूछ रही हो कि वह क्या चाहता है—उसका पुत्र क्या करे?

भीम ने कुछ नहीं कहा। वह भी अपने आवेश को संयत करने का प्रयत्न कर रहा था। वह सोच रहा था कि कहीं वह अधिक ही तो नहीं बोल गया...या उसकी बात, हिडिम्बा समझ भी पायी है या नहीं...

और सहसा हिडिम्बा ने पूछा, "तुम क्या चाहते हो—तुम्हारा पुत्र वीर न हो? वह वीरता के कृत्य न करे?"

"वीर!" भीम अपने आवेश में कुछ कहने जा रहा था; किन्तु कुछ सोच कर रुक गया। धीरे से बोला, "यदि तुम्हारा भाई मेरा वध कर पाता, तो वह मेरा मांस खाता या नहीं खाता?"

"खाता! अवश्य खाता! तुम्हारे पश्चात्, तुम्हारे भाइयों का मांस खाता। तुम्हारी माता को भी खा जाता। यदि मेरे प्रति उसका क्रोध

शान्त न होता, तो सम्भव है कि मुझे भी खा जाता।"

"मैंने उसका प्रत्यक्ष-युद्ध में वध किया; किन्तु उसका मांस खाना तो दूर, उसका अंग-भंग भी नहीं किया।" भीम बोला, "मैंने उसका वध क्यों किया?"

"अपनी और अपने भाइयों की रक्षा के लिए!"

"वह मेरा वध करना चाहता था अपने स्वाद के लिए, अपने भोजन के लिए; और मैं उसका वध करना चाहता था अपने भाइयों और माता की रक्षा के लिए। कौन बड़ा वीर हुआ?"

"तुम! निश्चित रूप से तुम!" हिडिम्बा भीम से लिपट गयी, "वह तो स्वार्थी था।..."

"मैं चाहता हूँ, मेरा पुत्र भी मेरे जैसा ही वीर बने!" भीम बोला, "दुष्टों का दलन करे; असहाय लोगों की रक्षा करे। दूसरों की रक्षा में अपने प्राण भी दे दे तो कोई बात नहीं; किन्तु अपने सुख के लिए, अपनी जिव्हा के स्वाद के लिए दूसरों की निरीह हत्याएँ न करे।..."

"वह ऐसा ही करेगा!" हिडिम्बा कुछ उल्लसित स्वर में बोली, "मैं उससे कहूँगी कि वह ऐसा ही वीर बने।"

"यहाँ वृक्ष पर टँगे-टँगे तुम उसके कान में कह दोगी और वह वैसा ही बन जायेगा?"...भीम कुछ खीझ कर बोला।

उसके उत्तर में हिडिम्बा ने यह नहीं पूछा कि ऐसा वीर वह कैसे बन पायेगा! वह भीम की तुलना में कुछ अधिक ही खीझ कर बोली, "यह तुम बार-बार वृक्ष पर टँगे रहने का क्या कटाक्ष करते हो! यह हमारी जीवन-पद्धति है। हम सदा से ऐसे ही रहते आये हैं।"

"मैं जानता हूँ कि सदा से ऐसे ही रहते आये हो।" भीम भी उसी प्रवाह में बोला, "किन्तु न तो अपनी संकीर्णता को बनाये रखने का प्रयत्न कोई बहुत गौरवपूर्ण प्रसंग है और न ही उससे कभी किसी व्यक्ति या जाति का विकास हुआ है।" भीम ने उस पर एक भरपूर दृष्टि डाली, "मैं तुम्हें यही समझा रहा हूँ। अब वृक्ष

से नीचे उतर आओ। अपनी जीवन-पद्धति के नाम पर न दूसरों से पृथक् रहो, न उन्हें पृथक् मानो। तुम्हारी जीवन-पद्धति यह है, इसलिए दूसरों के शत्रु मत बने रहो। भिन्नता, शत्रुता का प्रमाणपत्र नहीं है, न उसके आधार पर तुम्हें दूसरे मनुष्यों का आखेट करने का अधिकार मिल जाता है। कोई भी नदी यह चाहे कि न तो वह किसी नदी से मिलेगी, न सागर में आत्मविसर्जन करेगी, तो वह सरिता न रहकर, सरोवर मात्र रह जायेगी; और कदाचित् अन्त में वह नहीं रह पायेगी।..."

"तो तुम क्या चाहते हो—मैं अपने पुत्र के साथ तुम्हारे नगर में आ जाऊँ?"

"नगर में आना महत्वपूर्ण नहीं है। नगर में आ कर भी किसी मन-पसन्द वृक्ष पर चढ़ोगी, तो ऐसी ही रहोगी।" भीम बोला, "अधिक आवश्यक है भिन्न, नये और अपरिचित लोगों से अपने विरोध का त्याग! अन्य लोगों के निकट जाओ—मैत्रीपूर्ण ढंग से उनसे कुछ नया सीखो और उन्हें नया सिखाओ!" भीम बोलता गया, "पशु से मनुष्य बनने के लिए, मानवता के लाखों वर्षों के अनुभव और ज्ञान की ओर से आँखें बन्द कर, अपनी जीवन-पद्धति से चिपके रहने से तो किसी का विकास नहीं हो सकता। न अपने से भिन्न लोगों का रक्त पी कर, उनका मांस खा कर, किसी की श्रेष्ठता सिद्ध हो सकती है।..."

"तुम्हारी इतनी सारी बातें मैं समझ नहीं पाती।" हिडिम्बा बोली, "मुझे तो केवल यह बताओ कि मुझे तुम्हारे पुत्र को क्या सिखाना है!"

"उसे कहना कि उसे एक श्रेष्ठ योद्धा बनना है—नर-भक्षी राक्षस नहीं। संसार में जिस किसी गुरु से भी वह युद्ध सीख सके— सीखे। किन्तु अपनी क्षमताओं से निरीह और असहाय लोगों की हत्या न करे, उनकी रक्षा करे। उसे कहना कि वह अपने पिता के अनुकूल बने।"

"वह पूछेगा कि कौन है उसका पिता, तो क्या उत्तर दूँ उसे?" हिडिम्बा ने पूछा।

भीम ने सायास स्वयं को रोका। वह तो अपने प्रवाह में सब कुछ बता जाता।... और फिर उसने आश्चर्य से हिडिम्बा को देखा : उसका यह प्रश्न वार्तालाप की धारा में आकस्मिक रूप से बहता हुआ आया तिनका था या हिडिम्बा की चतुराई का चमत्कार...?

"तुमने हमारे ज्येष्ठ को वचन दिया था कि तुम हमारा परिचय जानने का प्रयत्न नहीं करोगी।..."

"ओह, हाँ! मैं तो भूल ही गयी!" उसने अपने दाँत से जीभ काटी, "मेरी इच्छा अपना वचन भंग करने की नहीं थी। यह प्रश्न तो संयोग से बीच में आ गया।" हिडिम्बा कुछ रुक कर बोली, "वस्तुतः जब मैंने तुम्हें देखा तो मैं तुम्हारे रूप तथा हृष्ट-पुष्ट दीर्घाकार शरीर पर ही मुग्ध हुई थी। तब मैं तुम्हारी बुद्धि और चरित्र के विषय में न कुछ जानती थी, न जानना चाहती थी। मैंने मान लिया था कि तुम लोग साधारण नागरिक जन हो, जो किसी कारणवश वन में से होकर यात्रा कर रहे हो। किन्तु मैंने जितना तुम्हें और तुम्हारी माता को जाना है, तुम लोगों का वार्तालाप और विचार-विमर्श सुना है, उससे यही समझ पायी हूँ कि तुम लोग साधारण जन नहीं हो। इसलिए मन में यह जिज्ञासा उठी कि तुम कौन हो? मेरे पुत्र का जनक कौन है?"

भीम के चेहरे पर स्पष्ट विवशता आ विराजी। यदि वह हिडिम्बा को बता पाता तो उसे कितनी प्रसन्नता होती!...

"तुमने ठीक अनुमान लगाया है हिडिम्बे!" भीम बोला, "तुम किसी साधारण मनुष्य के पुत्र को जन्म नहीं दोगी... किन्तु यह विशिष्ट जन अभी संकट में है, किन्हीं कारणों से अपनी वास्तविकता प्रकट नहीं कर सकता और छद्म रूप में जीने को बाध्य है। इसलिए इस हिडिम्बवन की रानी सालकटंकटी का पति नृप वृकोदर ही तुम्हारे

पुत्र का जनक है।" भीम उच्च स्वर में हँसा; और स्वयं ही समझ नहीं पाया कि उसके हँसने का क्या कारण था।

हिडिम्बा ने उत्सुक दृष्टि से भीम को देखा : क्यों हँसा वह किन्तु हँस तो केवल उसका कण्ठ ही रहा था, उसकी आँखों से झाँकती विवशता को कोई भी पहचान सकता था।...

"आर्य वृकोदर!" हिडिम्बा बोली, "सन्ध्या हो रही है। अब आप उठें। आपको आपकी माता तथा भाइयों को सौंप आऊँ। एक वचन तो मैं अपनी असावधानी में भंग कर ही चुकी हूँ; दूसरा भंग करना नहीं चाहती।"

"ओह! हाँ!" भीम भी सजग हुआ। सूर्य अस्ताचल की ओर काफी झुक आया था।... अपने विषय में वह जानता था कि वह पर्याप्त वाचाल है; किन्तु उसने यह कभी नहीं सोचा था कि वह इस मूर्खा सालकटंकटी से भी इतनी बातें करेगा।... पर शायद व्यक्ति जिसे अपना मान लेता है, उससे हर प्रकार का वार्तालाप करता ही है—चाहे उसकी बुद्धि किसी भी कोटि की हो।

"चलो उठो।" उसने खड़े होकर अपना हाथ हिडिम्बा की ओर बढ़ाया।

हिडिम्बा ने अपना हाथ, भीम की हथेली में रख दिया और उसे ऐसे मुग्ध नयनों से देखा कि नृप वृकोदर के पैरों तले धरती खिसक गयी। उसने झपट कर न केवल बैठी हुई हिडिम्बा को खड़ा कर दिया, वरन् स्वयं झुक कर उसे अपने कन्धे पर उठा लिया।...

"अरे! अरे! क्या कर रहे हो!!!..."

किन्तु भीम ने कुछ नहीं सुना। उसने निमिष-भर में हिडिम्बा को कई चक्कर दे दिये और फिर उसे कन्धे पर उठाए-उठाए भाग चला।... हिडिम्बा के भीतर भी जैसे किसी अद्भुत ऊर्जा का स्रोत फूट निकला था। उसने भीम की पीठ पर घूँसे बरसाने आरम्भ कर दिये। भीम घूँसे खाता जाता था, हँसता जाता था और भागता जाता था।

"देखो वृकोदर!" हिडिम्बा हँसती हुई बोली, "यदि मुझे मद चढ़ गया तो, सन्ध्या के स्थान पर प्रातः ही अपनी माता के पास पहुँचोगे।"

भीम पुनः जोर से हँसा, "तुम्हारा मद तो अभी उतर जायेगा।"

उसने हिडिम्बा को सरोवर के जल में ऐसे उछाल दिया, जैसे कोई दीर्घाकार किन्तु अत्यन्त हल्की वस्तु को उछालता है; और फिर स्वयं भी उसके पीछे-पीछे जल में कूद गया।

4

मुनि शालिहोत्र अपने कुटीर में बैठे, आश्रमवासियों से वार्तालाप कर रहे थे। युधिष्ठिर ने प्रणाम किया तो उन्होंने संकेत से उसे आसन ग्रहण करने के लिए कहा।

युधिष्ठिर बैठ गया।

"गुरुदेव! आपके वक्तव्य से जो बात मेरी समझ में आयी, वह यह है कि हम इस वास्तविक जीवन को अवास्तविक मान कर, इसके सारे सुख त्याग दें," एक आश्रमवासी कुछ उग्र स्वर में बोला, "और एक काल्पनिक जीवन को, जिसकी न हमें कोई अनुभूति है, न कोई ज्ञान, सत्य मानकर, उसके प्रति अपना जीवन समर्पित कर दें।"

"यदि मेरे वक्तव्य का यह अर्थ श्रोता तक पहुँचाता है, तो मैं एकदम असफल वक्ता तथा शिक्षक हूँ।" मुनि मुस्कराए, "यह तो मैं कदापि कहना नहीं चाहता हूँ।"

"तो फिर आप क्या कहना चाहते हैं?" उसी आश्रमवासी ने पुनः पूछा।

"वत्स! वह बताने के लिए तो मुझे अपनी सारी बात फिर से कहनी होगी।"

"नहीं गुरुदेव! संक्षेप में बता दें।"

"जो बात विस्तार से कहने पर तुम्हारी समझ में नहीं आयी, वह संक्षेप में कहने पर तुम्हारी समझ में आ जायेगी?"

"गुरुदेव!" एक अन्य आश्रमवासी ने हस्तक्षेप किया, "निर्मल

का अभिप्राय इतना ही है कि इस संसार के जीवन को, जो हमारी बुद्धि और ज्ञानेन्द्रियों के लिए अनुभवगम्य है, अयथार्थ मानने का कोई कारण तो होना चाहिए हमारे पास – कोई प्रमाण!..."

"प्रमाण तो होना ही चाहिए वत्स! प्रमाण के अभाव में किसी तथ्य पर विश्वास कैसे किया जा सकता है!" मुनि थोड़ी देर रुके, "जब तुम निपट शिशु थे वत्स, तब यदि मैं तुम्हें आम की गुठली दिखा कर कहता कि उसमें आम का एक पूरा वृक्ष निहित है, जिसमें सहस्रों रसाल उत्पन्न करने की क्षमता है, तो क्या तुम मेरा विश्वास कर लेते?"

"कदाचित् नहीं।" निर्मल ने उत्तर दिया।

"किन्तु अब तुम इस बात पर विश्वास करते हो?"

"हाँ, गुरुदेव!"

"क्यों करते हो?"

"क्योंकि अब मेरी बुद्धि इस बात को समझ सकती है; और यदि मैं चाहूँ तो आम की गुठली को बो कर, उसमें से वृक्ष को बनते और रसाल उत्पन्न करते देख सकता हूँ।"

"यह कैसे सम्भव हो सका?" मुनि ने सहज भाव से पूछा।

"मेरी बुद्धि परिपक्व हुई। उसका विकास हुआ है।" निर्मल बोला, "मैंने अध्ययन किया है। गुरु के निकट रह कर उनसे शिक्षा पायी है।"

"बस! मैं यही बात कह रहा हूँ।" मुनि बोले, "अपनी वर्तमान बुद्धि को सृष्टि का अन्तिम सत्य मत मानो। उसका विकास और संस्कार करने का प्रयत्न करो। जो सत्य दूसरों द्वारा अनुभूत है, उसके अनुभव का प्रयत्न करो। अपनी बुद्धि को इन्द्रियों का दास मत बनने दो। तब तुम देखोगे कि वस्तुतः तुम्हें उतनी वस्तुओं की आवश्यकता नहीं है, जितनी तुमने एकत्रित कर ली हैं। यह तुम्हारी आवश्यकता नहीं है, जो तुम्हें अर्जन और संचय के लिए प्रेरित करती है–यह तुम्हारा मोह है। यदि इस मोह को तुम पहचान पाओगे, तो उसे त्याग

भी पाओगे। मोह से मुक्त होते ही तुम अनुभव करोगे कि जीवन मात्र, धन के अर्जन के लिए नहीं है। आवश्यकता भर धन अर्जित करना सबके लिए अनिवार्य हो सकता है; किन्तु उसकी एक सीमा है। वहाँ पहुँच कर व्यक्ति यह निर्णय करता है कि अब वह अतिरिक्त धन अर्जित करने के लिए कोई भी कार्य नहीं करेगा। अपने शेष जीवन को वह उन कार्यों में लगायेगा, जिन्हें अब तक वह, गृहस्थी के लिए धनार्जन की अनिवार्यता में नहीं कर पाया था। जब अर्थ अर्जित करने की अनिवार्यता नहीं रहती, तब ही कर्म में सुख की प्राप्ति होती है; और तब ही मनुष्य अपना जीवन, उस पद्धति से व्यतीत कर सकता है, जिसके लिए प्रकृति ने उसे उत्पन्न किया है। उसका मन निर्मल हो सकता है। रजोगुण तथा तमोगुण छूटने लगते हैं; और वह प्रकृति पर मुग्ध होने लगता है। उसके लिए जीवन का रूप बदल जाता है।..."

"किन्तु उससे लाभ क्या होगा गुरुदेव!" तीसरा आश्रमवासी बोला, "लोग आलसी हो जायेंगे। कोई सरोवर के तट पर बैठा, कमल को निहारता रहेगा और कोई सरिता की उर्मियाँ गिनता रहेगा। समाज को उससे क्या लाभ होगा?"

मुनि शालिहोत्र ने अचकचा कर उसे देखा, जैसे उनसे कुछ बहुत ही अनपेक्षित पूछ लिया गया हो; और फिर वे क्रमशः सहज होकर मुस्कराए, "पुत्र! तुमने यह बात इसलिए कही, क्योंकि तुम यह मान कर चल रहे हो कि यदि मनुष्य के मन में मोह नहीं होगा, स्वार्थ नहीं होगा तो वह कर्म ही नहीं करेगा। किन्तु कर्म ही नहीं, श्रम तथा सृजन भी मनुष्य की सहज वृत्तियाँ हैं। इसलिए कर्म तो मनुष्य करेगा ही। हाँ! आवश्यकता भर धन का अर्जन कर वह जीवन को उदात्त धरातल पर जीना चाहेगा। असीम धन की इच्छा न होने के कारण वह धन का अर्जन अपने श्रम से करेगा, धर्मानुसार करेगा। वह कभी भी अधर्मपूर्वक धन का अर्जन नहीं करेगा।..."

"यदि धन का अर्जन ही लक्ष्य हो गुरुदेव," एक आश्रमवासी

बोला, "तो उसमें धर्म और अधर्म का क्या भेद! यदि अर्थ के मार्ग में भी धर्म का द्वार रहेगा तो स्पष्ट ही व्यक्ति सीमित धन ही कमा पायेगा। ऐसे में वह समाज कभी भी समृद्ध नहीं हो पायेगा।"

"तुम ठीक कहते हो वत्स!" गुरु बोले, "अधर्म से धन अर्जित कर व्यक्ति और समाज समृद्ध तो हो जाता है, किन्तु उसका विकास कभी नहीं होता।...जबकि मात्र धर्म पर चलने से समाज धनी भी होगा, विकसित भी और उन्नत भी।..." मुनि शालिहोत्र ने अपने श्रोताओं पर एक दृष्टि डाली, "तुम्हें कदाचित् यह ज्ञान नहीं है कि अधर्म से अर्जित और अधर्मपूर्वक वितरित धन किन्हीं व्यक्तियों को चाहे धनाढ्य बना दे; किन्तु सम्पूर्ण समाज को वह निर्धन ही कर देता है।..."

इतनी देर से युधिष्ठिर सुन ही रहा था; अब उससे बोले बिना नहीं रहा गया, "आर्य कुलपति! क्या नृशंसता का त्याग कर जीवन-यापन सम्भव है?"

मुनि ने उसे प्रसन्न दृष्टि से देखा, "तुमने अत्यन्त उत्तम प्रश्न पूछा है पुत्र! वस्तुतः हमारी चर्चा भी वहीं पहुँचने वाली है। वस्तुतः जो व्यक्ति अपने मन को उस सीमा तक पवित्र कर चुका है, कि वह नृशंस होकर जी नहीं सकता, वह भौतिक जीवन की निस्सारता को समझ चुका है। किन्तु पुत्र! एक बात का ध्यान रहे कि नृशंसता कर्म में नहीं, भावना में है। पुत्र अपने पिता की अवज्ञा भी करे तो वह नृशंसता है और राजा अपनी प्रजा की रक्षा के लिए दुष्ट-दलन की भावना से किसी को सूली पर भी चढ़ा दे तो नृशंसता नहीं है।"

"आप ठीक कह रहे हैं मुनिवर!" युधिष्ठिर का स्वर संशय-मुक्त नहीं था, "किन्तु मेरे प्रश्न का सन्दर्भ कुछ और था।"

"तुम अपने सन्दर्भ में ही अपना प्रश्न पूछो वत्स!"

"मैं अपने अधिकार के नाम पर यदि किसी पदार्थ अथवा पद को ग्रहण करता हूँ तो अन्य अनेक लोगों का, जो उस पदार्थ अथवा पद के आकांक्षी हैं, मानसिक पीड़ा देता हूँ। क्या यह नृशंसता नहीं

है कुलपति?"

"यदि धर्मानुसार वह पद अथवा पदार्थ तुम्हारे हैं तो उन्हें ग्रहण करना नृशंसता कैसे है पुत्र?"

"यदि मैं उन्हें ग्रहण न करूँ तो उनके इच्छुक लोगों का मानसिक सन्ताप मिट जायेगा।..."

"पहले तुम यह निर्णय करो पुत्र, कि उनका सन्ताप उनके अपने मोह के कारण है, अथवा तुम्हारी वंचना के कारण?"

"उनके अपने मोह के कारण आर्य!"

"तो तुम स्वयं वंचित होकर, क्या उनका मोह दूर कर पाओगे?"

"नहीं आर्य!"

"तुम वंचित भी हो जाओ पुत्र, तो उनका मोह नहीं मिटेगा। उनका सन्ताप उनके अपने मोह के कारण है; अतः मोह के रहते, सन्ताप भी बना रहेगा। तब नृशंस कौन है?"

"उनका मोह मुनिवर!"

"तो पुत्र! स्वयं वंचित होने के स्थान पर, उनका मोह दूर करने का प्रयत्न करो।"

"वह कैसे होगा गुरुवर?"

"मोह मानसिक रोग है पुत्र! आत्मा का कलुष! यदि वह मात्र साधारण भ्रम है तो प्रबोधन से ही मिट जायेगा; किन्तु यदि वह अत्यन्त सघन है, तो मोह की सघनता के अनुपात में ही पीड़ा अथवा दण्ड पा कर ही वह छूटे तो छूटे; उनकी आकांक्षापूर्ति से तुम उनका मोह नष्ट नहीं कर सकते। यदि उनकी इच्छापूर्ति होती रहेगी, तो उनका लोभ बढ़ेगा, मोह सघन होगा, अधर्म की शक्ति में उनकी निष्ठा बढ़ेगी; और वे अधिक-से-अधिक नृशंस होते जायेंगे।" फिर जैसे रुकते-रुकते मुनि ने जोड़ दिया, "अधर्मियों के प्रति दयावान होने का अर्थ है उनके प्रति तथा सामान्य समाज के प्रति नृशंस होना। आनृशंसता सबसे बड़ा धर्म है पुत्र! इसलिए मोह के रोग की वृद्धि में सहायक धर्म नहीं है।"

युधिष्ठिर मौन ही बैठा रहा। उसकी समस्या के विषय में मुनि ने अपना दृष्टिकोण स्पष्ट कर दिया था।...और ठीक ही तो कहा था मुनि ने! दुर्योधन के मन में मोह था। उसे सत्ता का मद था। वह हस्तिनापुर का पालन करना नहीं चाहता; वह तो उसे अपनी सम्पत्ति मान कर, उस पर एकाधिकार चाहता था। इसलिए उसने भीम को विष दिया था; उन पाँचों भाइयों को उनकी माता के साथ वारणावत में जला डालने का पूर्ण प्रयत्न किया था।...यदि पाण्डव अपना अधिकार त्याग भी दें, हस्तिनापुर की सत्ता उसे सौंप भी दें, तो क्या वह सन्तुष्ट हो जायेगा?...नहीं! कदाचित् वह उनके प्राण लिये बिना नहीं मानेगा।...और यदि किसी प्रकार वह पाण्डवों के प्राण लेने में सफल हो गया, तो इसकी आश्वस्ति कौन देगा कि उसे यह मतिभ्रम नहीं होगा कि उसके अपने भाई भी सत्ता में उसके प्रतिस्पर्धी होंगे, अतः उनका वध भी उसका कर्तव्य है! यदि उसे अधिकार मिल गया तो वह और अधिक अधर्मी और नृशंस नहीं हो जायेगा? मुनि शालिहोत्र ने सत्य ही कहा है, तामसिक त्याग से तो सात्विक ग्रहण ही अधिक श्रेयस्कर है।...

"तुम इतने व्याकुल क्यों हो पुत्र?" कुन्ती ने पूछा, और फिर जोड़ दिया, "कितनी देर से देख रही हूँ, तुम कुछ चिन्तित और अशान्त दिखायी दे रहे हो।"

अर्जुन ने माँ की ओर देखा तो, किन्तु तत्काल कुछ बोला नहीं। ...उसके मन में कई प्रकार की बातें उठ रही थीं। किन्तु मन में जो कुछ उठ रहा था, वे मात्र विचार ही तो नहीं थे, उनके साथ कुछ क्षोभ भी था, कुछ रोष भी। अपने विचार तो वह माँ के सामने रखना चाहता था; किन्तु क्षोभ और रोष नहीं।...

"अर्जुन!" कुन्ती ने उसे नाम से पुकारा; किन्तु तत्काल जैसे सजग हो उठी।...यह उनका अज्ञातवास था। इसमें सामान्यतः वे लोग, एक-दूसरे को नामों से पुकारने से बचते थे। अभी तो आश्रम के कुलपति ने भी उनसे कुछ नहीं पूछा था; अन्य आश्रमवासियों से

भी इतना सम्पर्क नहीं हुआ था कि उनसे कोई उनके नाम पूछता। पर वह स्थिति किसी भी क्षण आ सकती थी...

"माँ!" अर्जुन बोला, "मैं यह सोच रहा हूँ कि हम यहाँ क्या कर रहे हैं?"

"हम अपने शत्रुओं से छिपने के लिए यहाँ ठहरे हैं पुत्र!"

"माँ! इसे मेरा रोष मत समझना; यह कदाचित् मेरी व्याकुलता ही है।" अर्जुन बोला, "मेरी समझ में यह नहीं आ रहा कि क्या अपने शत्रुओं से छिपे रहना ही हमारे जीवन का लक्ष्य है?..."

"नहीं पुत्र! तुम ऐसा क्यों समझते हो?" कुन्ती बोली, "हम उपयुक्त अवसर पर यहाँ से चलने की प्रतीक्षा में हैं।"

"वह उपयुक्त अवसर कौन-सा होगा?" अर्जुन अपनी बात कहता-कहता सहज हो गया, "क्या हम किसी निश्चित अवधि के लिए यहाँ छिपे बैठे हैं कि अवधि समाप्त होने पर प्रकट होंगे? या क्या हम किसी घटना के घटित होने की प्रतीक्षा में हैं? क्या हम किसी सहायता की प्रतीक्षा में हैं? क्या हम अपने शत्रु के टल जाने की प्रतीक्षा में हैं? कोई तो सीमा होनी चाहिए माँ! और उस सीमा का कोई तर्क-संगत आधार भी!..."

"यह सब तो मैं भी नहीं जानती!" कुन्ती बोली, "किन्तु यह तो स्पष्ट ही है कि हम यहाँ स्थायी रूप से रहने के लिए नहीं आये हैं। अवसर मिलते ही आगे चल पड़ेंगे।"

"मुझे यही तो नहीं लग रहा।" अर्जुन बोला, "ज्येष्ठ को एक आश्रम मिल गया है, जिसमें अनेक तपस्वी हैं; और वे धर्म की चर्चा करते हैं। मध्यम को सालकटंकटी प्राप्त हो गयी है; और वे उसमें इतने मग्न हैं, जैसे वह उनके जीवन भर की कोई उपलब्धि हो।... मुझे तो लग रहा है माँ, कि हम लोग यहाँ अपने स्थायी निवास का प्रबन्ध कर रहे हैं।"

"नहीं!" सहसा कुन्ती के चेहरे पर तेज जागा, "ऐसा कुछ नहीं होगा। यदि वारणावत के शिव-भवन में निवास करते हुए भी हम

भस्म नहीं हुए, तो इस वन में रहते हुए भी मृत्तिका नहीं होंगे।...यह हमारा स्थायी निवास नहीं है। हमें वापस हस्तिनापुर लौटना ही है।"

"तो फिर सावधान रहो माँ! कहीं ऐसा न हो कि ज्येष्ठ अथवा मध्यम का मन यहीं रम जाये...!"

"और माँ का मन?" नकुल भी उनके वार्तालाप में सम्मिलित हो गया।

"क्यों! माँ के मन को क्या हुआ है?" कुन्ती ने एक झटके से नकुल को देखा; किन्तु उसकी आँखों में नकुल के लिए स्नेह का पारावार था। वह जानती थी कि नकुल उसका विरोध नहीं कर रहा, वह व्याज से उसके किसी गुण का ही बखान करेगा, अथवा यह उसका परिहास मात्र होगा।...

"माँ के मन का क्या है," नकुल पूर्ण आश्वस्त स्वर में बोला, "माँ आश्रमवासियों के कार्य में हाथ बँटाने लगें तो वहीं रम जायें, सालकटंकटी को पाक-कला सिखाने लगें तो उसी में जीवन की सार्थकता पा लें। वन-वासनियों का शिक्षण करने लगें तो उसी को अपनी साधना मान लें। हमारी माँ के सुख के लिए राजसी सुख-साधनों का होना तनिक भी आवश्यक नहीं है। वे कहीं भी सुखी रह सकती हैं। हमारी माँ तो योगिनी हैं, योगिनी! क्यों माँ!..." और नकुल ने कुन्ती के कंठ में अपनी भुजाएँ डाल दीं।

"चल हट!" कुन्ती ने सहसा उसे एक चपत लगायी, "माँ योगिनी नहीं, योग-माया है। भीम नहीं है यहाँ, उसकी वाचालता तुझमें आ गयी!" और सहसा कुन्ती का हास्य लुप्त हो गया, "पर तुम सच कहते हो पुत्र! मुझे सचमुच अपने लिए राजप्रासादों की आवश्यकता नहीं है। मैंने तो आज तक तपस्वियों के आश्रमों में ही अधिक सुख पाया है। कभी-कभी तो जैसे मैं स्वयं ही अपने-आपको धिक्कारने लगती हूँ कि मैं तुम लोगों को शतशृंग से हस्तिनापुर लायी ही क्यों?"

"क्यों लायी थीं माँ?" सहदेव ने पूछा।

"इसलिए कि मैं मानती हूँ कि मुझे अपने लिए कुछ नहीं चाहिए था; किन्तु यह जानते हुए भी कि हस्तिनापुर मेरे पुत्रों का है, मैं उन्हें आश्रम में ऋषिपुत्रों के समान पलते हुए नहीं देख सकती थी।"

"तो अब भी तुम अपने पुत्रों को जटाएँ बढ़ाए, मृगचर्म धारण किये हुए; और दुर्योधन को हस्तिनापुर के सिंहासन पर बैठे हुए नहीं देख सकोगी?"

"हाँ, पुत्र! मैं अपने पुत्रों को वन-वन भटकते, कंद-मूल खाते अथवा भिक्षाटन करते नहीं देख सकती। युधिष्ठिर को हस्तिनापुर के सिंहासन पर बैठाये बिना, मुझे शान्ति नहीं मिल सकती।...और हस्तिनापुर पर उसका निर्विघ्न शासन स्थापित होते ही, मुझे इस मोह-माया को त्याग देना है।..."

"तो माँ! इस विषय में ज्येष्ठ से चर्चा अवश्य करो।" अर्जुन बोला।

"करूँगी।"

भोजन के पश्चात् रात को जब सालकटंकटी जा कर अपने कुटीर में सो गयी तो वे लोग इकट्ठे बैठे। कुन्ती ने युधिष्ठिर से पूछा, "हम लोग यहाँ कब तक ठहरेंगे पुत्र?"

युधिष्ठिर ने माँ को देखा : क्यों पूछ रही हैं माँ इस प्रकार?

उत्तर भीम ने दिया, "यह स्थान सुरक्षित है। हिडिम्बवन के निकट होने के कारण, नर-भक्षी राक्षसों के आतंक से सामान्य से सामान्य जन यहाँ नहीं आते..."

"सामान्य जन के आतंक से तो वारणावत छोड़ कर हम भागे नहीं थे।" सहदेव बोला, "प्रश्न तो यह है कि दुर्योधन को किसी प्रकार हमारे जीवित रहने का समाचार न मिले।"

"हमारे पास अभी तक इस प्रकार की कोई सूचना नहीं है कि दुर्योधन ने हमारी मृत्यु का विश्वास कर लिया है या नहीं।" युधिष्ठिर बोला, "यदि उसे यह विश्वास हो जाता कि अब हम जीवित नहीं

हैं, तो उसके गुप्तचरों का अथवा किसी और का भय हमें नहीं होना चाहिए। किन्तु, यदि वारणावत में उसे किसी प्रकार कोई ऐसा प्रमाण मिल जाता है कि वारणावत में जिनकी मृत्यु हुई, वे हम नहीं थे, तो निश्चित ही वह हमारी खोज में अपने गुप्तचर भेजेगा। वे गुप्तचर कहाँ-कहाँ, किस-किस ओर जायेंगे—इस विषय में मैं कुछ नहीं कह सकता।" युधिष्ठिर थोड़ी देर रुक कर बोला, "यहाँ तक आने के लिए गंगा तथा नर-भक्षियों के वन को पार करना पड़ता है, इसलिए हमारा यहाँ होना असम्भव मान कर उसे अपने गुप्तचर यहाँ नहीं भेजने चाहिए; किन्तु वारणावत से चल कर, गंगा पार करते ही, अज्ञातवास के लिए यह अच्छा स्थल है—यह सोच कर उसे यहाँ ही गुप्तचर भेजने चाहिए।..."

"भैया!" भीम ने उसे बीच में ही टोक दिया, "देखिए; यदि वह किन्हीं भी कारणों से गुप्तचर नहीं भेजता या इस ओर गुप्तचर नहीं भेजता, तो हमारे लिए कोई समस्या ही नहीं है; किन्तु किन्हीं भी कारणों से यदि वह अपने गुप्तचर इस ओर भेजता है; तो वे गुप्तचर हिंस्र पशुओं तथा नर-भक्षी राक्षसों से बच नहीं सकते। अतः यह स्थान उस दृष्टि से सुरक्षित है। वैसे भी," उसने रुक कर युधिष्ठिर की ओर देखा, "यदि आप युवराज अथवा सम्राट के रूप में किसी को खोजने के लिए गुप्तचर भेजेंगे तो उसे यह आदेश नहीं देंगे कि उक्त वन में जाओ और प्रत्येक वृक्ष तथा झाड़ी में खोजो। कुछ-एक गुप्तचरों के वश का नहीं है कि सारा वन छान मारें और छुप कर रह रहे, पाँच-सात लोगों को खोज लायें। वन में खोज के लिए तो पूरी सेना ही भेजी जायेगी, ताकि वह वन का चप्पा-चप्पा छान मारे। और ऐसी खोज तो कभी गोपनीय नहीं रह पायेगी। तब प्रश्न उठेगा कि दुर्योधन किसे खोज रहा है; और क्यों खोज रहा है। इसलिए दुर्योधन सेना भेजेगा नहीं। गुप्तचर हमें खोज नहीं पायें, अतः यह स्थान सर्वथा सुरक्षित है।..."

"सेना तो वह नहीं भेजेगा; क्योंकि सेना वन के मध्य में हो और

शत्रु-पक्ष वन को ही आग लगा दे तो सारी सेना स्वाहा हो जायेगी।" सहदेव बोला, "इसलिए यदि वह भेजेगा तो गुप्तचरों को ही भेजेगा। गुप्तचर अपनी खोज सदा जन-संकुल स्थानों में करेंगे, जहाँ कम-से-कम समय में, वे अधिक लोगों से मिल कर, उनसे समाचार प्राप्त कर सकें। इसलिए वे हाटों, राज-सभाओं, तीर्थों तथा गतिविधि के अन्य केन्द्रों में हमें खोजेंगे।..."

"भैया!" अर्जुन ने सहदेव की बात काट कर युधिष्ठिर को सम्बोधित किया, "मेरे मन में कहीं यह शंका नहीं है कि दुर्योधन के गुप्तचर हमें खोजने के लिए यहाँ आयेंगे। मैं यह मानता हूँ कि लाक्षागृह को जला कर वह पूर्णतः आश्वस्त हो गया होगा। उसने हमें मृत मान लिया होगा, अतः वह हमारी खोज नहीं करवाएगा। मेरी चिन्ता दूसरी है...।"

"तुम्हारी चिन्ता क्या है, वही क्यों नहीं बताते चिन्तक महोदय?" भीम बोला, "हम अपनी चिन्ताओं पर विचार कर लें, वह बहुत है। जो चिन्ताएँ नहीं हैं, उन पर क्या विचार करना!"

"हस्तिनापुर से कोई हमारा समाचार लेने नहीं आयेगा; मुझे चिन्ता यह है कि कोई यहाँ से हमारा समाचार हस्तिनापुर न पहुँचा दे।" अर्जुन बोला, "यह शालिहोत्र मुनि का आश्रम है। यहाँ अनेक ऋषि-मुनि और यायावर संन्यासी आते ही रहते हैं। अपने साथ वे यहाँ के समाचार भी ले जाते हैं। वे लोग कहाँ-कहाँ जायेंगे, यह कोई नहीं जानता। सम्भव है कि उनमें से कोई, किसी ऐसे स्थान पर, कोई ऐसी सूचना पहुँचा दे, जहाँ से दुर्योधन को सन्देह हो जाये कि हम जीवित हैं और वह हमारी खोज आरम्भ करवा दे।..."

"ऐसी कौन-सी सूचना हो सकती है, जिससे यह निष्कर्ष निकाला जा सके कि हम साधारण तपस्वी नहीं, वारणावत में जले हुए पाण्डव हैं?" युधिष्ठिर ने पूछा।

"पाँच पुत्र और उनकी माता।" अर्जुन बोला, "सर्वप्रथम तो यही पर्याप्त सूचना है। दूसरे, मध्यम के शरीर का आकार-प्रकार साधारण

नहीं है। जहाँ कहीं यह सूचना पहुँचेगी कि ऐसे असाधारण डील-डौल वाले अपौरुषेय शक्ति के स्वामी मनुष्य ने बिना किसी शस्त्र के हिडिम्ब राक्षस का वध कर दिया, तो हमसे परिचित प्रत्येक व्यक्ति पहला प्रश्न यही पूछेगा कि वह पुरुष कहीं मध्यम पाण्डव ही तो नहीं है?"

अर्जुन चुप हो गया। सब लोग उसकी बात पर विचार कर रहे थे। कोई कुछ नहीं बोला।

"ऐसी ही छोटी-बड़ी अनेक सूचनाएँ हो सकती हैं, जो हमारा रहस्य उद्घाटित कर सकती हैं, पर..." अर्जुन ने रुक कर अपने भाइयों को देखा।

"पर क्या?" युधिष्ठिर ने पूछा।

"पर मेरा मूल प्रश्न यह नहीं है।" अर्जुन बोला, "मेरा मूल प्रश्न यह है कि हमारे जीवन का लक्ष्य क्या केवल इतना ही है कि हम दुर्योधन की दृष्टि से छिपे रहें और अज्ञात वनवासियों के समान अपना जीवन व्यतीत कर दें?"

"नहीं!" भीम तड़प कर बोला, "मैं इतनी सुविधा से दुर्योधन को हस्तिनापुर पचा लेने नहीं दूँगा। हमें वापस हस्तिनापुर लौटना है और उससे अपना राज्य वापस प्राप्त करना है।..."

"कब लौटना है हमें हस्तिनापुर?" अर्जुन का स्वर कुछ वक्र हो गया था, "और कैसे लौटना है?"

"जहाँ तक मेरा सम्बन्ध है, अभी चलो...।"

"मध्यम! यदि ऐसे ही हस्तिनापुर लौटना था, तो हम वारणावत से इधर आने के स्थान पर हस्तिनापुर ही जा सकते थे।"

"मुझे तो उसमें भी कुछ अनुचित नहीं लगता था," भीम बिना उत्तेजित हुए, सहज भाव से बोला, "मैं तो अब भी यही मानता हूँ कि हमें हस्तिनापुर छोड़ना ही नहीं चाहिए था। यदि हम पाँच भाई पांचालराज द्रुपद पर आक्रमण कर, उसे जीत सकते हैं, तो हम हस्तिनापुर की सेना से भी लड़ सकते हैं।..."

"यह समय इन प्रश्नों में उलझने का नहीं है।" युधिष्ठिर बोला, "हमें तो विचारना यह है कि अब क्या करना है।"

"तो पहला प्रश्न तो यह है कि हमें कब तक यह अज्ञातवास करना है?" अर्जुन बोला।

"जब तक प्रकट होने का उपयुक्त अवसर नहीं आयेगा।" युधिष्ठिर ने उत्तर दिया।

"और वह कब आयेगा?"

"जब हम पाण्डवों के रूप में भी स्वयं को सुरक्षित पायेंगे।" युधिष्ठिर बोला, "या तो हम अपनी एक स्वतन्त्र और समर्थ सेना तैयार कर सकें, या हमारे ऐसे समर्थ सहायक हों, जिनके सामर्थ्य के कारण हमें दुर्योधन का कोई भय न रहे, या फिर विदुर काका की ओर से हमें कोई संदेश मिल जाये... ।"

कुछ क्षणों के लिए सब लोग चिन्तनलीन मुद्रा में मौन रहे; और फिर सहसा अर्जुन ही बोला, "अपने समर्थ सहायकों में से तो मुझे सिवाय यादवों के और कोई दिखायी नहीं पड़ता; किन्तु वे लोग स्वयं ही जाने किस स्थिति में हैं! यदि जरासंध के आक्रमण के कारण उन्हें मथुरा से हट न जाना पड़ा होता, तो वे लोग हस्तिनापुर अथवा वारणावत में हमारी सहायता के लिए पहुँच गये होते। एक बार मातुल अक्रूर के हस्तिनापुर आते ही पितृव्य ने हमारे ज्येष्ठ का युवराज्याभिषेक कर दिया था...जाने यादव किस स्थिति में हैं; और कृष्ण को हमारा समाचार मिला भी है कि नहीं..."

"समाचार तो मिला ही होगा," सहदेव बोला, "किन्तु एक तो वे इस स्थिति में हों कि हमारी सहायता कर सकें और दूसरे उनसे हमारा सम्पर्क हो सके।..."

"यदि हम यह स्वीकार कर लें कि हम सिवाय प्रतीक्षा के और कुछ नहीं कर सकते; या अभी हम यह भी नहीं जानते कि हमें किसकी और कब तक प्रतीक्षा करनी है, तो भी हमारे मन में यह तो स्पष्ट होना ही चाहिए कि तब तक क्या हमें यहीं रहना है—इसी

स्थान पर, उस अज्ञात सहायक की प्रतीक्षा करनी है?" अर्जुन ने पूछा।

"यह भी तो हो सकता है कि हम उस अज्ञात सहायक की प्रतीक्षा करने के स्थान पर, स्वयं अपने मित्रों से सम्पर्क करने का प्रयत्न करें—हस्तिनापुर में विदुर से, द्वारका में भैया कृष्ण से, अथवा मद्र में मातुल शल्य से...।" सहदेव बोला।

"तुम्हारे पास अश्वारोही संदेशवाहक नहीं हैं कि उन्हें इधर-उधर दौड़ाते रहोगे," कुन्ती ने कहा, "यदि किसी से सम्पर्क करना होगा, तो तुममें से स्वयं ही किसी को जाना होगा। इतनी लम्बी यात्राएँ, पैदल-पदाति अकेले करने का अर्थ है, अपने शेष भाइयों से उतने समय के लिए दूर रहना। मैं कदापि नहीं चाहती कि तुम लोग एक-दूसरे से विलग होकर वनों-नगरों में भटकते फिरो। और फिर यदि एक कहीं जायेगा, तो जब तक वह लौट कर नहीं आता, शेष सबको इसी स्थान से बँधे रहना होगा। इतना जोखिम उठाना उचित नहीं है पुत्र! तुम सब एक साथ रहो, एक स्थान पर रहो। तुम इस स्थिति में नहीं हो कि स्वयं किसी से भी सम्पर्क कर सको।" कुन्ती क्षण भर रुकी, "वैसे भी यदि दुर्योधन तुम्हारी खोज में गुप्तचर भेजेगा, तो सबसे पहले वहीं भेजेगा, जहाँ से तुम सहायक की अपेक्षा कर रहे हो; इसलिए कहीं ऐसा न हो कि स्वयं सम्पर्क करने के प्रयत्न में तुम किसी बड़े संकट में फँस जाओ।"

"तो फिर हमारे पास और क्या विकल्प है कि हम उपयुक्त अवसर की प्रतीक्षा में शान्त किन्तु सजग होकर बैठे रहें!" युधिष्ठिर बोला।

"ठीक है। प्रतीक्षा तो हम करें; किन्तु प्रतीक्षा करने के लिए यही एकमात्र उपयुक्त स्थान है क्या?" अर्जुन के स्वर में हल्की-सी खीझ थी।

"क्यों, इस स्थान से ही तुम्हारा क्या विरोध है?" भीम ने पूछा,

"प्रतीक्षा तो हम कहीं भी कर सकते हैं, तो इसी स्थान में क्या बुराई है?"

"मेरा विरोध इस स्थान से नहीं है मध्यम! मेरा विरोध निष्क्रिय प्रतीक्षा से है। हम किसी भी एकान्त स्थान, किसी वन में छिप कर, सारे संसार से असम्पृक्त बैठे रहेंगे, तो न कोई हमसे सम्पर्क कर पायेगा और न ही हम जान पायेंगे कि हमारे प्रकट होने का उपयुक्त अवसर आ गया है।" अर्जुन बोला।

"तुम्हारे सारे तर्क मुझे स्वीकार हैं।" भीम पूर्ण निश्चयात्मक स्वर में बोला, "किन्तु अभी कुछ समय तक हम कहीं नहीं जा सकते।"

"क्यों?" कुन्ती ने पूछा।

"इसलिए कि सालकटंकटी गर्भवती है...।"

"इसी का तो मुझे भय था।" अर्जुन ने मन-ही-मन कहा, 'गृहस्थ बन कर बैठ जाने का तो यही परिणाम होना था।'

"तुम्हें कैसे मालूम?" कुन्ती ने भीम की बात काटी, "मैं भी उसे प्रतिदिन देखती हूँ। मुझे तो लक्षण दिखायी नहीं देता।"

"वह गर्भवती है। उसने स्वयं मुझे निश्चित सूचना दी है।" भीम विश्वास के बल के साथ बोला, "इस अवस्था में उसे छोड़ कर जाना उचित नहीं है।" वह रुका और फिर बोला, "सन्तान के जन्म के पश्चात् ही हम कहीं जा सकेंगे।"

"प्रसव के पश्चात् क्या वह हमारे साथ जाना चाहेगी?" कुन्ती ने पूछा।

भीम ने तत्काल उत्तर नहीं दिया : वह कुछ सोचता रहा और फिर धीरे से बोला, "इस विषय में मैंने उससे कुछ नहीं पूछा है; किन्तु मेरा अपना विचार है कि शायद वह वनों को छोड़ कर नगरों में न जाना चाहे।"

"वैसे भी उसने सन्तान के जन्म तक अस्थायी पतित्व ही माँगा था।" युधिष्ठिर बोला।

"वह भी सत्य है," सहदेव बोला, "दूसरी ओर इस बात का भी

हमें ध्यान रखना चाहिए कि हमारा परिवार जितना बड़ा होगा, हमारी गोपनीयता उतनी कठिन होती जायेगी।"

"मध्यम से भी तो पूछिए, क्या वे अपनी पत्नी को छोड़ कर जाना चाहेंगे?" अर्जुन ने कहा।

भीम ने कुछ पीड़ित दृष्टि से अर्जुन की ओर देखा, "मैं अपनी आसक्ति को स्वीकार करता हूँ। सन्तान के प्रति भी सबको मोह होता ही है। किन्तु मैं आरम्भ से जानता हूँ कि यह अस्थायी विवाह है; इसे स्थायी बनाने का कोई कारण नहीं है। मैं यह भी समझता हूँ कि मैं आजीवन यहाँ नहीं रह सकता हूँ; और न ही हिडिम्बा हमारे साथ रह सकती है। जो हमारे हित में है, वही होगा। आप लोग निश्चिंत रहें। मैं उसे भी समझा दूँगा।..."

"तो फिर यही निश्चिन्त हुआ कि हिडिम्बा के प्रसव तक हमें यहीं रहना है...।" युधिष्ठिर ने सब पर दृष्टि डाली; सब चेहरों की सहमति पा कर वह आगे बोला, "उसके पश्चात् हम यहाँ से चल पड़ेंगे। प्रयत्न करेंगे कि विभिन्न राज्यों के नगरों में गोपनीय ढंग से रहें और अपने लिए सहायक ढूँढ़ें। स्वयं को प्रकट करने के लिए अवसर की निष्क्रिय प्रतीक्षा न कर, उसे प्राप्त करने का प्रयत्न करेंगे।..."

5

हिडिम्बा अपने कुटीर में लेटी थी। कुन्ती अभी-अभी उसके पास से उठ कर गयी थी। अपनी पहली भेंट से हिडिम्बा इन पाँचों भाइयों तथा उनकी माता की अनवरत सेवा कर रही थी; किन्तु पिछले दो दिनों से क्रम उलट गया था। प्रसव के एक दिन पहले से हिडिम्बा की अवस्था ऐसी नहीं थी कि वह सामान्य काम-काज कर सके। कुन्ती ने चुपचाप सारा दायित्व अपने ऊपर ले लिया था। प्रसव के पश्चात् से तो कुन्ती ने उसे उठने ही नहीं दिया था। हिडिम्बा बार-बार कहती रही कि उसे कष्ट या असुविधा नहीं है; फिर भी कुन्ती ने उसे उठने की अनुमति नहीं दी। उसके हठ के उत्तर में कुन्ती ने उसे डाँट दिया, "सालकटंकटी! तुम कुछ नहीं जानती हो। चुपचाप पड़ी रहो। तुम्हें विश्राम की आवश्यकता है।"

"पर आप मेरी माता हैं। मैं आपसे सेवा कैसे करवाऊँ!" हिडिम्बा किसी प्रकार इतना ही कह पायी थी।

"माता ही सन्तान की सेवा करती है।" कुन्ती बोली; और फिर जाने क्या हुआ, उसका कण्ठ रुँध गया और आँखें भीग आयीं, "बहू! ये हमारे संकट के दिन हैं। यदि हमारे अच्छे दिनों में यह प्रसव होता, तो इसका कितना समारोह होता—तुम नहीं समझ सकोगी।"

उसके पश्चात् कुन्ती कुटीर में रुक नहीं पायी थी। "अच्छा! तुम विश्राम करो।" वह बाहर चली गयी।

हिडिम्बा ने अपने साथ लेटे हुए शिशु को देखा; अत्यन्त

हृष्ट-पुष्ट और दीर्घाकार बालक था। सामान्य स्थिति में तो वह यही समझती कि इसका यह आकार-प्रकार राक्षस सन्तान होने के कारण है; किन्तु इसका पिता तो राक्षस नहीं था और वह बलिष्ठतम राक्षस से भी आकार में बड़ा और अधिक बलशाली था। यह शिशु मानव-पुत्र ही था, एक वनवासी ब्राह्मण का पुत्र!...

हिडिम्बा ने आज तक कभी इस ओर ध्यान नहीं दिया था। उसके मन में कभी इस प्रकार के प्रश्न ही नहीं उठे थे। उसने जो देखा था, वही स्वीकार कर लिया था।...वे वनवासी ब्राह्मण थे—पाँच भाई और उनकी माता! इससे अधिक उसे क्या जानना था! कई बार उन लोगों के वार्तालाप तथा व्यवहार से उसके मन में कोई सन्देह अथवा प्रश्न जागा भी तो उसने उसकी उपेक्षा कर दी। वह काम-मोहित होकर उस बलिष्ठ पुरुष की ओर आकृष्ट हुई थी, जिसे उसकी माता तथा भाई 'मध्यम' कहते थे।...उसे आश्चर्य भी हुआ था कि वे लोग उसके सम्मुख कभी एक-दूसरे को नाम से नहीं पुकारते थे। ज्येष्ठ, मध्यम, कनिष्ठ, भैया, माता जैसे सम्बोधनों से ही उनका काम चल जाता था।...हाँ! कभी-कभी वे मध्यम को वृकोदर भी कहते थे। उसका पुरुष था भी वृकोदर! हिडिम्बा को अपने पुरुष का यह नाम बहुत प्रिय था। जब नाम से पुकारने की इच्छा होती तो वह उसे वृकोदर ही कहती थी...

पहले दिन ही उस पर यह प्रतिबन्ध लगाया गया था कि वह उनका परिचय जानने का प्रयत्न नहीं करेगी। वैसे हिडिम्बा को अवकाश ही कहाँ था, इन बातों की ओर ध्यान देने का। वह तो अपने प्रिय के साथ विहार में मग्न थी। 'मध्यम' नामक उस ब्राह्मण ने उसे पूर्ण काम-सुख दिया था। उससे मिलने से पूर्व सालकटंकटी के मन में पुरुष-संग की इच्छा कभी नहीं जागी थी; किन्तु उसे देखते ही जाने क्या हुआ कि उसके हृदय को कोई ऐसे मोड़ने-निचोड़ने लगा, जैसे गीले कपड़े को सुखाने के लिए मोड़ा-निचोड़ा जाता है। उसे लगा कि वह उसके बिना जीवित नहीं रह पायेगी। किन्तु वह तो पुरुष-संग

का अनाम-अस्पष्ट आकर्षण मात्र था। पुरुष सुख क्या होता है, यह तो विहार के पश्चात् ही जान पायी थी। वह उसे सुख दे रहा था, इसलिए वह चाहती थी कि वह भी उसे प्रसन्न रखे। उसे प्रसन्न रखने के लिए ही वह उसके भाइयों और माता की सेवा करती रही थी।...वह जानती थी कि वृकोदर के भाइयों के मन में उसके प्रति कोई स्नेह नहीं था। उन्हें तो वृकोदर की उसमें आसक्ति भी अच्छी नहीं लगती थी; फिर भी उसके प्रति उनका व्यवहार सम्मानजनक ही था। माता का व्यवहार तो कभी-कभी स्नेहपूर्ण भी हो जाता था। पिछले दो दिनों में तो वे अत्यन्त स्नेहमयी हो गयी थीं; और आज जिस प्रकार उन्होंने उसे 'बहू' कह कर सम्बोधित किया था, वह तो स्वर ही कुछ और था। उस स्वर का हिडिम्बा पर कैसा प्रभाव पड़ा था—वह स्वयं समझ नहीं पा रही थी; किन्तु इतना अवश्य अनुभव कर रही थी कि उसके भीतर तक, सब कुछ हिल गया था!...फिर यह क्या कहा था माता ने कि ये उनके संकट के दिन थे!...कई बार लगा था सालकटंकटी को कि वे लोग अपने वर्तमान रूप से बहुत ही भिन्न लोग थे। जिस प्रकार वे लोग रह रहे थे, यह उनकी वास्तविक जीवन-पद्धति नहीं थी। तो वे लोग कौन थे?...ये उनके संकट के दिन थे!...कैसा संकट था उन पर? सम्भवतः कोई बड़ा संकट रहा होगा, तभी तो हिडिम्बवन में आ गये थे; नहीं तो इस वन में कोई सहज रूप में आता ही कहाँ है!...इतने दिन व्यतीत किये हैं हिडिम्बा ने मध्यम के साथ; किन्तु उसने कभी कुछ जानने की चेष्टा ही नहीं की थी। उसके मन में ये सारे प्रश्न ही कहाँ थे! वह तो उस भूखे के समान मध्यम को भोग रह रही थी, जिसको बहुत समय के पश्चात् अपनी इच्छानुसार स्वादिष्ट भोजन मिला हो; और साथ ही यह चेतावनी भी मिली हो कि किसी भी क्षण वह भोजन उससे छिन सकता था। उसके भोग में तल्लीनता थी, पूर्ण एकाग्रता थी...

हिडिम्बा को लगा कि इस एक शिशु ने जन्म ले कर, उसके

मन में जाने कितने झंझावात उत्पन्न कर दिये हैं। उसने पहली बार जाना है कि नारी मात्र स्त्री न होकर, माता भी होती है और पत्नी भी; नर मात्र पुरुष न होकर पिता भी होता है और पति भी। हिडिम्बा के मन में कल कितनी ही बार यह बात आ चुकी थी कि अब वह 'मध्यम' के अपने ही प्रति प्रेम से सन्तुष्ट नहीं हो पायेगी। वह चाहती है कि उसका पुरुष, अब मात्र पुरुष बन कर न रहे; वह पति भी बने और पिता भी। वह हिडिम्बा से भी प्रेम करे और हिडिम्बा के पुत्र से भी! वह उनका भरण-पोषण करे, उनकी रक्षा करे। उसकी उपयोगिता बहुत बढ़ गयी थी हिडिम्बा के लिए; और उसका आकर्षण भी...

किन्तु हिडिम्बा ने तो मात्र अस्थायी पतित्व माँगा था—अपनी कामाकांक्षा की तृप्ति के लिए, अपने रति-सुख के लिए! उसने परिवार की बात तो सोची ही नहीं थी, न पति-पत्नी सम्बन्धों के विषय में; और न ही सन्तान के विषय में...किन्तु अब तो जैसे उसका संसार ही बदल गया था...

...और सहसा हिडिम्बा को स्मरण हो आया, माता ने कहा था, 'यदि कहीं हमारे अच्छे दिनों में यह प्रसव होता तो उसका कितना समारोह होता, तुम नहीं समझ सकोगी।'... हिडिम्बा ने बहुत प्रयत्न किया कि वह कल्पना कर सके कि माता का 'अच्छे दिनों' से क्या तात्पर्य था, और उनका समारोह कैसा होता; किन्तु माता का कथन ही सत्य प्रमाणित हुआ, 'तुम कल्पना भी नहीं कर सकतीं।' वह इससे और अच्छे दिनों की क्या कल्पना करती...वह अपने प्रिय पुरुष के साथ रहती है। दिन भर वन में, सरोवर तट पर, किसी कंदरा में—प्रकृति की गोद में उन्मुक्त विहार करती है और सन्ध्या होते ही लौट कर इन भले लोगों के स्नेह और सामर्थ्य से सुरक्षित होकर सो रहती है।...इतने दिनों में किसी ने एक बार भी तो उसके भाई हिडिम्ब के समान न उसे चाँटा मारा, न घूँसा; न हड्डियाँ तोड़ने की धमकी दी, न प्राण लेने की।... इससे अच्छे दिन और क्या होंगे?...और 'समारोह'?...वह तो एक ही

समारोह जानती है...जब कभी वे लोग किसी बड़े पशु अथवा मनुष्य का आखेट कर लाते थे, तो मदिरा के साथ उसके भक्षण का समारोह होता था।...किन्तु ये लोग तो न मदिरा पीते हैं, न नर-मांस खाते हैं...जाने इनका समारोह कैसा होता होगा।

तभी वृकोदर कुटीर में आया।

"कैसी हो सालकटंकटी?"

"प्रसन्न हूँ।" हिडिम्बा धीरे से बोली और उसकी दृष्टि घटोत्कच पर टिक गयी, जैसे अपनी सृजनशीलता पर गर्व कर रही हो।

वृकोदर आगे बढ़ आया। उसने हिडिम्बा के माथे पर हाथ रखा, जैसे उसका ताप देख रहा हो; और फिर स्नेह से उसके रूखे केशों में अंगुलियाँ फिराने लगा।

"इसे प्यार करो!" हिडिम्बा ने घटोत्कच की ओर संकेत किया और फिर जैसे स्वयं ही झेंप गयी : तो फिर उसने ऐसा आग्रह क्यों किया था!

वृकोदर ने शिशु को स्नेह-भरी दृष्टि से देखा और फिर उसके मुण्ड पर हाथ फिरा कर बुदबुदाया, "घटोत्कच!"

"तुम कुछ उदास हो।" हिडिम्बा बोली, "पुत्र-जन्म से प्रसन्न नहीं हो?"

"प्रसन्न हूँ। बहुत प्रसन्न!" मध्यम जैसे सायास हँसा, "किन्तु सोचता हूँ कि क्या तुम्हें स्मरण है कि हमारा संग पुत्र-जन्म तक ही है?"

"मुझे स्मरण है!"

"क्या तुम इससे प्रसन्न हो?" वृकोदर का स्वर भावुक था, "क्या तुम नहीं चाहती हो कि हम इसके पश्चात् भी साथ रहें?"

हिडिम्बा ने तत्काल कोई उत्तर नहीं दिया; फिर जैसे अत्यन्त संकोच के साथ बोली, "मैं नहीं जानती कि मैं क्या चाहती हूँ।"

"क्या मेरे प्रति तुम्हारा आकर्षण समाप्त हो गया है?"

हिडिम्बा उसके चेहरे को निहारती रही, फिर अत्यन्त मन्द स्वर

में जैसे अपने-आपसे बोली, "अब तुम मेरे लिए भोग की वस्तु नहीं हो, प्रेम के पात्र हो! अब मैं अपने सुख के लिए नहीं, तुम्हारी प्रसन्नता के लिए तुम्हारे साथ रहना चाहूँगी।..."

"तुम जानती हो, अब हम यहाँ नहीं रहेंगे।" वृकोदर बोला, "मेरे भाई तो बहुत पहले ही यहाँ से चल पड़ना चाहते थे; किन्तु हम लोग घटोत्कच के जन्म के लिए रुके हुए थे।"

"जानती हूँ।"

"अब हम किसी भी दिन प्रस्थान कर सकते हैं।" वृकोदर बोला, "क्या तुम हमारे साथ चलना चाहोगी?"

हिडिम्बा चिन्तामग्न हो गयी : आज तक तो उसने, कभी यह सोचा ही नहीं था। वह तो यही मान कर बैठी थी कि सन्तान के जन्म के पश्चात् वे लोग उसे यहीं छोड़ कर चले जायेंगे। उसके लिए न वह दुखी थी और न ही वह उन्हें दोषी ठहराती थी—उनका तो अनुबन्ध यही था।...और आज यह पुरुष—उसका आकांक्ष्य पुरुष—उसका प्रिय, उसका प्रेमी...उससे पूछ रहा था कि क्या वह उसके साथ चलना चाहती थी?... हिडिम्बा को लगा कि वह सहसा ही अत्यधिक प्रसन्न हो उठी है। इतनी प्रसन्न, जितनी वह पहले कभी नहीं हुई थी।...किन्तु साथ-ही-साथ वह कुछ भयभीत भी हो उठी थी।...इस पुरुष के जिस पक्ष को वह जानती थी, वह उसे बहुत प्रिय था...और इस पुरुष के विषय में जो कुछ वह नहीं जानती थी, वह सब उसके लिए उत्सुकता और जिज्ञासा का नहीं, आशंका और भय का विषय था...

"क्या हमारे साथ चलना चाहोगी?" वृकोदर ने पुनः पूछा।

किन्तु हिडिम्बा ने सीधा उत्तर नहीं दिया, "तुम लोग कहाँ जाओगे?"

"मैं स्वयं नहीं जानता!"

"तुम लोग कौन हो?"...और हिडिम्बा स्वयं ही संकुचित हो उठी, "मुझे यह नहीं पूछना चाहिए था न?"

"अनुबन्ध के अनुसार तो तुम्हें नहीं पूछना चाहिए था; किन्तु मेरी पत्नी के रूप में तुम्हें यह जानने का अधिकार है।" वृकोदर ने कहा।

"क्या मुझे बताओगे?" हिडिम्बा के चेहरे पर प्रसन्नता की लहर दौड़ गयी।

"यदि मैं तुम्हें बता दूँ तो क्या तुम हमारी गोपनीयता की रक्षा कर सकोगी?"

"अवश्य!" हिडिम्बा पूर्ण दृढ़ता से बोली।

"मैं जानता था।" वृकोदर बोला, "और यदि यह केवल मेरा ही रहस्य होता तो मैं तुम्हें बता ही देता; किन्तु यह केवल मेरा—मुझ अकेले का रहस्य नहीं है। यदि मैं अपने विषय में बताता हूँ तो मेरे भाइयों के व्यक्तित्व की गोपनीयता भी भंग होती है। इसलिए यदि तुम गोपनीयता की शपथ लो तो मैं तुम्हें कुछ संकेत अवश्य दे सकता हूँ।"

"मुझे बताओ!" हिडिम्बा में विकट उत्सुकता जाग्रत हो गयी थी, "मैं इतना तो जानूँ कि मेरा पुत्र किसकी सन्तान है।..."

"तुम इतना जान लो सालकटंकटी," वृकोदर बोला, "कि हम वनवासी ब्राह्मण नहीं हैं।"

"तो कौन हो तुम लोग?"

"हम लोग एक प्रसिद्ध राजपरिवार से सम्बन्धित हैं।" वृकोदर बोला, "संकट के कारण, अपना परिचय छिपाए हुए हैं। उपयुक्त समय पर स्वयं प्रकट करेंगे।"

"तुम लोग आर्यों के राजपरिवार से सम्बन्धित हो? मेरा घटोत्कच आर्य राजकुमार है?"

"हाँ, सालकटंकटी!" वृकोदर धीरे से बोला, "अब इससे अधिक मत पूछना। बता नहीं पाऊँगा।"

"तो तुम लोग वनों में नहीं रहोगे? नगरों में जाओगे और राजप्रासादों में रहोगे? वहाँ बहुत भीड़ होगी?"

"हाँ प्रिये!" वृकोदर बोला, "अभी कह नहीं सकता कि कहाँ-कहाँ जायेंगे; किन्तु इतना अवश्य सत्य है कि जब कभी सम्भव हुआ, हम अपनी राजधानी में लौटेंगे, अपने राजप्रासाद में रहेंगे।..."

हिडिम्बा वृकोदर को देखती रही; किन्तु कुछ बोली नहीं।

"क्या देख रही हो?" वृकोदर ने हँस कर उसका ध्यान भंग किया।

"मुझे पहले ही दिन लगा था कि तुम कोई राजकुमार हो।"

वृकोदर उच्च स्वर में हँसा, "राजकुमार ही क्यों लगा, राजाधिराज क्यों नहीं लगा?"

हिडिम्बा ने उसकी हँसी की ओर ध्यान नहीं दिया; वह अपने उत्साह में बोली, "यदि तुम मेरे साथ यहीं हिडंबवन में रह जाओ तो तुम यहाँ के राजाधिराज नृप वृकोदर होगे और मेरा पुत्र युवराज घटोत्कच।..."

"तुम हमारे साथ क्यों नहीं चलतीं?" वृकोदर बोला, "मैं अपने भाइयों को मनाने का प्रयत्न करूँगा।..."

"यदि अपने ही विषय में सोचूँ तो कदाचित् सब कुछ छोड़-छाड़ कर तुम्हारे साथ चल भी पड़ूँ; किन्तु अब तो मुझे अपने पुत्र के विषय में भी सोचना है।" हिडिम्बा बोली, "मेरा पुत्र घटोत्कच इस वन का राजा है—राक्षसराज घटोत्कच! यदि मैं तुम्हारे साथ चलूँ तो क्या वह राजा बन पायेगा?" और वह स्वयं ही बोली, "कदाचित् वह आर्य राजकुमार न ही बन पाये। मैं आर्य रानी न बन पाऊँगी और न राजमाता।..." वह रुकी, "और वैसे भी तुम मध्यम हो वृकोदर! ज्येष्ठ नहीं। राज्य का अधिकार ज्येष्ठ का होता है।" वह जैसे गहरी चिन्ता में लीन हो गयी...

वृकोदर थोड़ी देर तक उसे देखता रहा और फिर बोला, "क्या सोच रही हो?"

"अब मुझे अपना मार्ग दिख रहा है।" हिडिम्बा के स्वर में उल्लास था, "मेरा स्थान यही है। मैं अपने पुत्र तथा अपने राज्य की

रक्षा करूँगी। तुम अपने संकट-काल में, अपने भाइयों के साथ ही रहो। संकट-काल व्यतीत होने पर, अच्छे दिन आयें तो किसी आर्य राजकुमारी से विवाह कर लेना।...मेरी आवश्यकता हो तो मैं यहीं मिलूँगी।...मैं यहीं तुम्हारी प्रतीक्षा करूँगी।..."

वृकोदर कुछ नहीं बोला। वह चुपचाप उसे देखता रहा। वह मन-ही-मन कहीं जानता था कि घटनाओं का कदाचित् यही क्रम होगा।...

थोड़ी देर के पश्चात् हिडिम्बा स्वयं ही बोली, "तुम लोग मुझे यहीं छोड़ कर चले जाओ, यह मुझे अच्छा नहीं लगेगा। माता की अनुमति मिलते ही मैं घटोत्कच को ले कर उत्तर दिशा में अपने सम्बन्धियों के निकट चली जाऊँगी, ताकि तुम लोग निश्चिन्त भाव से प्रस्थान कर सको।..." और रुकते-रुकते उसने जोड़ा, "मुझे भूलना मत! मुझसे सम्पर्क बनाये रखना...और संकट-काल में किसी सहायता की आवश्यकता हो तो संकोच मत करना...। वचन दो कि ऐसा ही करोगे?"

"वचन देता हूँ।" वृकोदर बोला, "किन्तु एक वचन तुम भी दो।"

"बोलो!"

"मेरे पुत्र को नर-भक्षी राक्षस नहीं बनाओगी; उसे योद्धा बनाओगी, योद्धा! हिंस्र वनवासी नहीं, क्षत्रिय राजकुमार!"

"यथाशक्ति यही करूँगी—वचन देती हूँ!"

❑❑❑